나한테 이러는 여자는 네가 처음이야

나한테
이러는 여자는
네가 처음이야

왕기대 지음

위즈덤하우스

라떼♥는 지은성♥♥을 모르면 간첩이었다.
상고 4대 천왕 대가리 지은성은 소녀들의 심금을 울렸고,
나를 인터넷 소설 작가♥♥♥의 길로 인도했다.

"왕기대님~ 팬이에요.
기대님 소설에 울고 웃던 때가 엊그제 같은데,
지금은 애가 둘이에요~ㅠ^ㅠ."

요즘도 옛 독자들에게서 이런 쪽지나 메일을 종종 받는다.
그동안 받아왔던 숱한 메시지가 어쩌면 지금 이 책을 쓰게 된
계기가 되었는지도 모르겠다.

♥   '나 때'의 언어유희. 과거의 사건이나 추억을 회상할 때 주로 쓰임.
♥♥   귀여니, 《그놈은 멋있었다》 남자 주인공 (이하 남주)
♥♥♥   인터넷상에 게시되어 해당 사용자가 읽을 수 있는 소설. 여기서는 그중에
서도 '로맨스' 장르를 지칭한다. 이어지는 본문에서는 글맛을 살리기 위
해 '인소'라고 줄여 부르기로 한다.

2000년대 초,

학교에서 돌아와 교복은 바닥에 벗어 던지고

컴퓨터 앞에 앉아 다음 카페를 들락거리며

간밤에 올라온 소설을 찾아 MP3, PMP에 넣고

밤새 누워 귀에 눈물이 찰 때까지 봤던

그때 그 소녀들에게 이 글을 바친다.

당시 소녀였던

하지만 이제는 어엿한 어른이 되었을 그녀들이

잠시나마 현실의 고단함은 잊고

추억을 여행하는 시간이 되기를

진심으로 바란다.

　인소에 4대 천왕이라 불리는 남주 패거리가 있다면, 인소 작가들 중에도 4대 천왕이라 불리는 사람들이 있었다. 운 좋으면 거기 낄 수 있지만 대부분은 배제되었던 애매한 위치의 나와 달리, 왕기대 작가님은 그중 한자리를 확고하게 지키고 계신 분이었다.

　왕기대 작가님과 개인적 친분은 없지만, 무더운 어느 여름날 컴퓨터 모니터를 앞에 두고 《개기면 죽는다》를 열심히 읽었던 기억은 내 머릿속에 생생하게 남아 있다. 여느 학생들처럼 인소에 열광했던 평범한 소녀였던 나는 그때부터 작가님과의 내적 친밀감을 천천히 쌓아 올렸는지도 모르겠다.

　이 책을 읽는 내내 롤러코스터를 탄 것처럼 온갖 감정 변화를 맛보았다. 어떤 부분에서는 말줄임표로 범벅되었던 내 소설 대사들이 떠올라 손발이 오그라들며 함께 수치스러워했고, 어떤 부분에서는 아무 대가 없이 소설 쓰는 행복에 흠뻑 젖어 있었던 당시의 설렘을 다시 한번 만끽했다.

사실 인소는 언젠가부터 희화의 대상으로 전락했고, 나는 인소 출신 작가라는 꼬리표를 부끄러워했다. 평생 누군가의 흑역사에 갇혀 조롱당하는 기분으로 살까 봐 지독한 슬럼프를 겪기도 했다. 수많은 밤을 지새웠던 고민들을 똑같이 경험한 사람이 있다는 것만으로도 내게는 큰 위안이었다.

　　흔히들 말한다. 첫사랑이 떠오르는 이유는 사람이 아니라 시절이 그리워서라고. 나 또한 그랬나 보다. 타임머신을 타고 시간을 거슬러 올라간 것처럼, 인소에 대한 이야기를 읽는 동안 몇 번이나 울컥하고 뭉클했다. 아픈 기억들만 가득할 줄 알았는데, 예상 외로 과거 여행은 즐거웠고 나는 신나는 꿈을 한바탕 꾼 것처럼 개운해졌다.

　　인소의 독자였던 그 시대의 소녀들을 되돌아본다. 누군가는 경찰이 되었고, 누군가는 연구원이 되었다. 누군가는 결혼을 했고, 누군가는 엄마가 되었다. 인소의 작가였고 독자였던 우리네들은 지금도 그렇게 현실을 살아가고 있다.

　　인소는 나만의 망상인 줄 알았는데, 이제는 생각을 바꿔야 할 것 같다. 인소는 그 시절을 함께한 우리의 추억이었다. 나와 왕기대님을 포함한 그 시대의 소녀들에게, 지금도 눈앞에 펼쳐진 인생을 치열하게 살아가고 있을 그녀들에게, 아낌없는 응원과 격려를 보낸다.

－ 작가 청몽채화

이 책의 소식을 처음 전해 들었을 때, '그 시절에 내가 어땠었지?'라는 생각이 불현 듯 들었다. 인소 작가로 활동하지 않은지도 15년이 훌쩍 지났고, 더는 인소가 사람들에게 읽히지 않는 상황이라 관련된 기억도 아주 흐릿해졌다. 그러다 막상 이책을 읽다 보니 잊고 지낸 옛 기억들과 추억들이 하나둘 떠올랐고, 책장을 덮을 때쯤이 되자 인소에 울고 웃던 그때 그 시절 소녀로 완벽히 돌아간 듯한 기분마저 들었다. 종일 이불 속에서 뒹굴며 인소를 읽고, 친구들과 지난밤에 읽었던 인소에 대해 이야기하고, 최애 주인공들의 명대사를 수첩 한쪽에 적으며 읽고 또 읽었던 그 시절의 소녀 말이다. (개인적으로《내 남자친구에게》권은형의 "내가 네 별이다"와《개기면 죽는다》이반지의 "내가 양파냐?"는 아직도 잊을 수 없는 명대사이다)

당시 내가 썼던 인소를 언제 읽었는지조차 기억이 나지 않는다. 말도 안 되는 전개에 유치한 설정, 항마력을 테스트하는듯한 느낌의 대사들 때문에 그동안은 도저히 읽을 수가 없었다. 하지만 지금 생각해보니 말이 안 되면 어떻고, 유치하면 어떻고, 오그라들면 어떤가! 그때 그 시절 우리는 마냥 웃고 울고 설레며 행복해하지 않았나!

　다들 소녀에서 어른이 되어 이제는 각자의 자리에서 열심히 살아가고 있겠지만, 2000년대 초 인소와 동고동락했던 소녀들이라면 이 책이 분명 즐겁고 소중한 추억 여행이 되리라 확신한다.

　책에서 작가는 말한다. "20년 전의 왕기대는 글을 쓰며 행복했을까"라고. 분명한 것은 20년 전 우리는 왕기대의 글을 보며 행복했다는 것이다. 나 역시 이 책을 읽고 나서야 비로소 용기가 생겼다. 그 덕에 오늘은 아주 오랜만에 먼지 쌓여 빛바랜 나의 소설《온새미로》를 꺼내 읽어볼 참이다.

-작가 가그린

음답하라 2002

: 가끔 우리는 2000년대 그 감성이
  그리워진다

여름 모기와 붉은 악마 부대가 전국적으로 기승을 부리던 2002년. 어딜 가나 윤도현 밴드 노래가 흘러나왔고, 남녀노소, 나이 불문, 드레스코드는 언제나 레드였던 격동의 시기! 하지만 소녀들은 다른 것에 미쳐 있었다.

"너 귀여니 소설 봤어? 열라 재밌어."

어느 날, 친구가 직접 출력해온 소설을 내게 하사하며 말했다. 종이를 아끼려 글자 크기를 8포인트로 줄여 인쇄한 자그마한 책자, 그것이 바로 내 생애 첫 인소였다. 당시 《꽃보다 남자》나 《오디션》, 《다정다감》 같은 만화책을 수업 시간에 돌려보는 것이 소녀들의 암묵적인 룰이었는데, 나는 그 대신 친구에게 하사받은 인소를 1교시 내내 교과서 밑에 깔아두고 읽었다. 그리고 다시 정신을 차렸을 때는 텅 빈 교실에 나 혼자였다. 다들 점심 먹으러 가는 것도 모르고 인소에 빠져 있었던 것이다. 그야말로 시간이 순식간에 사라지는 마법. 그렇게 인소는 내게 강렬한 첫인상을 남겼다. 당시 내가 읽었던 인소 입문작은 귀여니 작가의 《그놈은 멋있었다》였다.

"내 입술에 입술 비빈 논은 니가 첨이였어..-_-^책.임.져."

《그놈은 멋있었다》의 남주 지은성은 하얀 피부에 마늘쪽 같은 콧날, 선홍색 입술의 소유자였다. 싸움은 잘하지만 여자와의 스킨십은 영 젬병이던 상고 4대 천왕 대가리. 당시 지은성과 상상 연애를 하고 정태성♥에게 영혼을 판 여학생은 비단 나뿐만이 아니었을 것이다.(너란 남자, 지은성.......)

코인 노래방도, 인스타그램도, 유튜브도 없던 시절 우리는 인소에 열광했다. 당시 초등학생들 사이에서는 무려 《그리스 로마 신화》 시리즈를 능가하는 인기였으니 무슨 말이 더 필요할까. 물론 《엽기적인 그녀》나 《퇴마록》, 《드래곤 라자》 같은 PC통신 소설이 이전에 있기는 했지만, 누가 뭐래도 인소 1세대의 시작은 귀여니 작가의 《그놈은 멋있었다》였다. 2000년대

♥ 　　《늑대의 유혹》 서브 남주

초반 귀여니의 인기는 그 시절 아이돌에 버금갔노라고 감히 자부한다.

만약 그날 내가 귀여니 소설에 입문하지 않았더라면 지금쯤 퍽퍽한 글쟁이의 삶에서 벗어나 전혀 다른 길을 걷고 있었으려나. 하지만 그러기에 이미 내 마음은 너무 멀리 와 있었다. 상고 대가리와 여고생의 매운맛 로맨스에 제대로 꽂힌 나는 그날 이후 인소 작가가 되기로 결심했다. '어렸을 때부터 유난히 책을 좋아했으니까. 공부는 못해도 국어는 잘했으니까. 등 떠밀려 나간 백일장에서 곧잘 상을 타왔으니까'라며 합리화에 합리화를 더해 스스로 작가의 운명을 타고났다고 믿었다. 속으로는 제2의 귀여니가 되겠다고 굳게 다짐하며.

당시 유행하던 god 팬픽♥을 연재한 경험이 있어서였을까. 지금 생각하면 정말로 겁도 없이 무모했고 맹랑했다. 큰 고민 없이 왕기대라는 필명을 만들고, 제2의 귀여니를 꿈꾸며 매일 밤 최신식 팬티엄 컴퓨터 앞에서 키보드를 난타해댔다. 학교 수업 시간에는 교과서와 자발적 거리 두기를 하며 등장인물과 줄거리를 구상했다.

♥   Fan fiction의 줄임말로 좋아하는 아이돌을 주인공으로 내세워 창작한 로맨스 소설이다. 특이점은 여자 주인공이 등장하지 않는다는 것. god의 호상커플, 신화의 릭셩, 민셩, 슈주의 강특, 은해 커플 등 당시 팬픽은 멤버들 간의 동성애가 모티브였다.

'음...... 일단 제목이 있어야겠지. 눈에 좀 확 튀는 제목이 없을까. 까불지 마라? 까불면 맞는다? 좀 약한데. 제목은 모름지기 눈에 확 튀어야지.......'

그렇게 나는 《개기면 죽는다》의 연재를 시작하게 되었다. 남주의 이름은 한술 더 떠 이반지라고 지었다. 일명 '액세서리 새끼'로 통용되던 그 녀석. 무서울 게 없는 상고 일진 짱이지만, 내 여자에게는 한없이 따뜻한 인소 남주의 정석이었다.

내 첫 연재처는 Daum의 '유머 나라'였다. 당시 '장미나라 태그 교실', '엽기 혹은 진실'과 쌍벽을 이루던 대형 커뮤니티 카페였는데, 그때까지도 내가 인기 작가의 반열에 오르리란 사실을 믿어 의심치 않았다. 나는 떡잎부터 다른 줄 알았다. 농구계에 강백호가 있다면 인소계에는 왕기대가 있다며, 첫 편을 올리자마자 팬레터가 수십, 수백 통 쏟아질 거라고 믿었다.

하지만 웬걸. 독자들은 냉정했다. 적어도 편당 조회 수가 최소 두 자릿수는 넘을 줄 알았는데. 실시간으로 올라오는 수백 편의 소설 사이에서 내 글은 말 그대로 묻혔다. 조회 수는 편당 6, 7, 많아 봐야 11 정도였다. 그때는 댓글 기능이 도입되기 전이라 독자들은 좋아하는 작가에게 따로 팬레터를 보냈는데, 내 메일함에는 언제나 김미영 팀장이 보내는 스팸 메일뿐이었다.

그렇게 얼마나 지났을까. 미리 써둔 비축분만 연재 게시판에 올리고 더는 글을 쓰지 않아 나의 인소 작가 도전기도 어중

간하게 마무리되려던 차, 내 인생을 뒤바꿀 메일 한 통이 날아왔다.

'자까님-0- 열라 재밌어요! 빨리 담폰(다음 편) 올려주세요! 기다릴게요!'

그것은 인소를 연재하고 처음으로 받아 본 감상밥♥이었다. 몇 줄 안 되는 그 팬레터가 내 가슴에 8.0도 강진을 일으켰다. 처음 느껴보는 떨림이었는데 너무 좋은 나머지 제자리에서 방방 뛰었던 기억이 지금도 생생하다. 그날 이후 적게는 한 편, 많게는 세 편씩 날마다 소설을 올렸다. 그리고 놀라운 일이 벌어졌다. 내 데뷔작이 소녀들 사이에 입소문을 타기 시작한 것이다. 글을 연재한 지 한 달 만에 개인 팬카페가 생기더니 1년 뒤에는 정식으로 책을 출간하게 되었다. 제2의 귀여니가 되고 싶었던 버섯 머리 중학생 소녀는 그렇게 왕기대 '작가'가 되었다.

당시 귀여니를 필두로 많은 인소 작가들이 책을 출간했다. 순정 만화 독식 체제였던 대여점♥♥의 책장에도 인소가 채워지기 시작했다. 학교에서는 수업 시간 내내 책상 밑으로 친구들끼리 인소를 돌려보는 풍경이 펼쳐졌다. 인소를 한 번도 안 본 사람은 있어도 한 번만 본 사람은 없었다. 이모티콘이 난무

♥   라떼는 독자에게 받는 팬레터를 감상밥이라고 불렀다.
♥♥   지금은 스마트폰으로 웹소설이나 웹툰을 바로 볼 수 있지만 라떼는 직접 대여점을 방문해 만화책이나 인소를 빌려봐야 했다. 대여료는 만화책은 한 권에 200원, 인소는 한 권에 500~1,500원 정도였다.

하는 새로운 소설은 탄생과 동시에 뜨거운 논란의 중심에 섰지만, 소녀들에게 인소는 말 그대로 인터넷 소설이라는 하나의 장르일 뿐이었다. 그 시절 우리는 반항아 지은성을, 이반지를, 김형광♥을 그리고 반해원♥♥과 강지한♥♥♥을 진심으로 사랑했다.

하지만 영원할 줄 알았던 인소의 전성기는 고정 독자였던 소녀들이 어른이 되며 자연스레 막을 내렸다. 전교생 앞에서 '씨바, 마누라! 사랑한다!'를 외치던 남주가 더는 그녀들에게 매력적으로 와닿지 않아서였을까. 어쨌든 인소는 사장되었다. 완전히 버려진 문학이 되었다. 나 역시 다른 경로로 꾸준히 글을 써왔지만 인소 작가로 활동했던 때의 기억은 가슴 깊이 묻어둔 채 지내고 있었다.

그러다 언제부터인가 뉴트로 열풍이 불더니 사람들이 다시 인소 콘텐츠를 소비하기 시작했다. 유튜브나 각종 SNS에 남주의 어록이 돌아다니고 인소의 클리셰를 버무린 콘텐츠들도 심심치 않게 보인다. 내 데뷔작 《개기면 죽는다》와 차기작 《반하다》도 2023년에 웹툰화 되어 각종 포털에 올라갔고, 특히 《개기면 죽는다》는 전문 성우를 붙여 비주얼 노벨 콘텐츠로도

♥　　　　《온새미로》 남주
♥♥　　　《늑대의 유혹》 남주
♥♥♥　　《나쁜 남자가 끌리는 이유》 남주

선보인 바 있다.

　우리는 왜 다시 그 시절에 열광하는 것일까. 콘텐츠 풍요의 시대를 살아가면서도 종종 낡은 MP3에 넣어다니던 인소가 그리워지는 이유가 뭘까. 돌아보면 그때가 우리들의 가장 좋았던, 호시절이었기 때문은 아닐까. 나 역시 생에 가장 거침없고 재기발랄했던 그때가 그립다. 이 책을 선택한 여러분도 같은 마음이리라 믿는다. 미키 마우스 모양의 MP3를 귀에 꽂고, 이불 속에서 뒹굴뒹굴하며 인소를 읽던 그때의 나, 그때의 우리를 마음껏 추억할 수 있기를 바란다. 응답하라 2002, 다시 돌아갈 시간이다.

Chapter 2.

인소의 공식

: 소녀들이 열광했던 하이퍼 리얼리즘,
  인소 클리셰에 대하여

소녀들의 로맨스 계보를 타고 올라가다 보면 태초에 《꽃보다 남자》가 있었다. 안하무인 재벌 후계자인 도묘지 츠카사와 가난한 서민 마키노 츠쿠시의 러브 스토리는 1세대 인소 작가들에게 귀감이 되었다. 싸가지 바가지 없는 남주, 가진 것이라고는 당당함과 패기, 햇살 같은 미소뿐인 여자 주인공(이하 여주), 시도 때도 없이 바이올린을 켜는 서브 남주와, 여주를 위기에 빠뜨리는 불여시 악녀까지. 《꽃보다 남자》는 그야말로 로맨스의 교과서와도 같은 작품이었다.

당시 소녀들은 왜 그토록 싸가지 바가지 남주에 열광했던 것일까. 왜 우리는 끊임없이 되풀이되는 양산형 인소에 번번이 설레며 환호했을까. 어쩌면 《꽃보다 남자》의 서사에 길들여진 소녀들은 못돼 처먹은 반항아 남주를 사랑하도록 프로그래밍 되었는지도 모르겠다. 그렇다면 지금부터 인소 작가들이 질리 도록 우려먹었던, 아는 맛이라 더 찾게 되는 로맨스 클리셰, 인소의 공식에 대해 알아보기로 하자.

① 여주와 남주는 반드시 악연으로 엮인다

뜨거웠던 여름방학이 끝나갈 무렵, 집에서 빈둥대던 한예원♥은 다모임♥♥ 게시판에 올라온 도일 여고 저격 글을 보게 된다.

"너네 시내에서 면상 좀 들이밀지 마라. 알긋냐~? 열받냐? 그럼 리플 달어라~ㅋㅋㅋ."

순간 어디서 그런 패기가 솟았을까. 한예원은 상고 짱 지은성이 올린 글에 네놈 면상이나 걱정하라며 맞불을 놓는다. 닥

♥   《그놈은 멋있었다》 여주
♥♥ 재학생들의 친목을 도모하기 위해 만들어진 소셜 네트워킹 커뮤니티로 SNS계의 조상님이라고 봐도 무방하다. 요즘 MZ들이 인스타그램을 하듯, 그 시절 N세대들은 아이러브스쿨과 다모임에 미쳐 있었다.

쳐올 후환을 전혀 예상하지 못한 채.......

　앞의 내용은 인소 《그놈은 멋있었다》의 도입부이다. 이 소설은 악연으로 엮인 남녀 주인공의 서사를 흥미롭게 풀어낸다. 비단 《그놈은 멋있었다》뿐만이 아니라 인소의 98.99퍼센트는 여주가 남주에게 '찍히며' 이야기가 전개된다.

　다음은 《개기면 죽는다》의 한 대목으로, 어리버리 여주 민하원이 위기에서 벗어나기 위해 상고 대가리 이반지를 콕 집어 자신의 남자친구로 지목하는 장면이다.

"야. 내가 믿을 것 같냐?? 인일 상고 일짱이 너 같은 공학눈이랑 사귄다고? 말이 돼??"

어쭈-_-..저 새끼가 끝까지 안 믿네...??

이러다가 상고 놈들이랑 내가 아무 사이 아닌 게 들키기라도 한다몬...

)ㅁ〈 아 아 아 악~ ~ ~ 생각하기 실타..

에라이, 안 대게써... 일단 저지르고 보쟈...

처억=_=...

이때껏 테트리스에만 집중하여 나 따원 거들떠보지도 않던-_-..

상고 대가리 이반지, 그 녀석 어깨에 처억 손을 올리는 나.

"어이, 공고 박!!! 공학눈이랑 상고 대가리랑 사귀는 거 못 믿겠다구 그랬지? 근데 어뜩하냐^-^ 나......이반지 깔따구야...........”

깔따구라니. 손발이 오므라들다 못해 머리털이 다 쭈뼛 선
다. 내일이 없는 우리의 여주는 상고 일짱 이반지의 깔따구를
자처했다가 도리어 훗날 그의 ‘따까리’로 전락하게 된다. 전형
적인 인소 클리셰다.
　《김낭만 죽이기》 또한 인소의 공식을 그대로 답습한다. 생리
증후군으로 도벽을 앓고 있는 여주는 우연히 남주의 핸드폰을
훔쳤다가 그에게 찍히게 된다. 남주는 핸드폰을 훔쳐 달아나
는 여주의 등에 대고 이렇게 외쳤더랬다.

　“내가 너 찾는다. 찾으면 그땐, 사.랑.할.만.큼 죽여버린다^ㅇ^....!”

　예기치 못한 악연으로 엮인 남주와 여주. 까칠 대마왕 남주
가 초반에야 못되게 굴지만 나중에는 ‘너 같은 여자는 처음이
야’라며 결국 여주와 사랑에 빠진다. 이것은 절대 불변하는 인
소의 법칙이다. 대개 남주와 여주를 엮는 사건의 시발점은 다
음과 같다.

　- 재미 삼아 한 장난 전화로 여주는 남주에게 찍힘.
　- 핸드폰이 뒤바뀐 남주와 여주. 감히 일진 짱의 핸드폰을 쓴

대가로 여주는 남주에게 찍힘.

- 익명으로 남주를 저격했다가 4대 천왕 패거리에게 찍힘.
- 의도치 않은 남주와의 입술 박치기. 하필이면 그게 남주의
  첫 키스라서 찍힘.
- 의도치 않은 남주와의 첫날밤. 이 경우엔 찍히는 것으로 모
  자라 반드시 남주를 책임져야 함.

특히 '의도치 않은 남주와의 첫날밤'이야말로 인소의 클리
셰 오브 클리셰인데, 《개기면 죽는다》에도 이런 장면이 어김없
이 등장한다.

다음 날 아침.

"ㅇㅏㅇㅏ 아악!!!!!!!!!"

"끄허억!!!ㅡ.,ㅡ!!!"

어...어째서.......

어째서 내가 이반지랑 나란히 아침 햇살을 맞고 있는 거지...-0-

왜..왜...대체 왜.....!!!!!!!

파악!!!!!!!...

"으헉ㅡ.,ㅡ!!!"

이반지가 제 품에 안겨 있던 나를 팍 하고 밀쳐내는 바람에,

난 보기 좋게 바닥으로 고꾸라지고 말았다...ㅡ.,ㅡ..

후읔..ㅜ^ㅜ..아파라...

"뭐냐....? 니논이 왜......-_-^"

왜 니 옆에서 자고 있냐고??

묻지 말렴 이반지...나도 돌겠으니까ㅡ.,ㅡ......

　여기서 한 가지 짚고 넘어가자면 두 사람은 단지 소파에서
잠만(!) 잤을 뿐이다. 그런데도 남주는 다음 날 어이없는 행보
를 보인다.

이반지 놈이 왜 저놔를 한 거지.....무서워 죽겠네....-_-

"하하^ㅇ^;;;..안녕.....?"

- 안녕 못 해-_-^

"그래도 안녕...=_=..."

- 까대냐?

"=_=천만에....무슨 할 말 있니?...."

- ....넌...아무렇지 않냐고...

"=_=...뭐가..."

- 어제..그거....

"......=_=.......너랑 나랑 잔 거"

- 씨바....그렇게 말하지 말랬지.

"^o^;;...저기..먼 일 있었던 거도 아니구...난 괜찮ㅇ..."

- 책임.........져줘?...........

-_-....뭐....

-_ㅇ.....뭐.......

.....뭐라고!!!!!!!!!!!ㅇ_ㅇ!!!!!!!!! 책임!!!!??!!!!!!

"지...지금 뭐라고...."

- 고막 병신이냐....책임져주냐고...............

  책임질 짓을 하지 않았는데 당최 뭘 책임진다는 건지 모르겠지만, 어쨌든 소녀들의 반응은 뜨거웠다. (그때는 진짜로 이런 남주가 먹혔다니까-_-^?)

② 대한민국의 로맨티스트는 모조리 상고 출신이다

  가뭄에 콩 나듯 대학 캠퍼스나 회사를 배경으로한 소설이 등장하기도 했지만, 대부분의 인소는 십 대 주인공을 필드에 세왔다. 마치 약속이나 한 듯 남주, 여주의 나이는 혈기 왕성한 18세. 여기서 한 가지 더 빠질 수 없는 공식이 존재했는데, 남주는 반드시 상고나 공고 출신이어야 한다는 것. 여주는 인문계 고등학교, 특히 여고에 재학하는 경우가 많았지만 남주는 오직 실업계여야 했다. 여고가 찐따 집합소라면, 남주네 학교는 소위 문제아들의 천국이었다. 특히 남주가 상고에 재학 중일 때 그의 라이벌은 무조건 공고 일진 짱이었고, 상고와 공고는 사이가 매우 좋지 않은 것으로 그려졌다. (《늑대의 유혹》 반해원이 성권 공고 출신 정태성을 못 잡아먹어 으르렁대던 장면을 떠올려보라)

왜 농고나 민사고 출신 남주는 존재하지 않는 거냐고 묻는다면, 인소의 주된 독자가 십 대 소녀들이라는 점을 이유로 들겠다. 소녀들은 잘 놀고, 잘나가는 일진 남주를 동경했다. 아직 남자 보는 눈이 덜 여물어서였을까? 그때는 이상하게 그런 애들이 멋져 보였다. 담배 한 개비를 입에 문 반항아 남주가 평범한 여고생과 티격태격 사랑을 키워가는 모습을 보며 소녀들은 대리 만족을 느꼈다.

〔3〕 곧 죽어도 삼각관계 (Feat. 서브 남주, 악녀)

남녀 주인공의 감정이 무르익을 즈음 사랑의 훼방꾼이 등장하는데 둘 중 하나이다. 남주의 질투심을 유발하는 서브 남주가 투입되거나 여주의 자리를 위협하는 여시 토깽이 같은 악녀가 출몰하거나. 어느 쪽이든 주어진 임무는 같다. 남주와 여주의 애정 전선에 먹구름을 드리울 것!

대개 서브 남주는 이유 불문 여주를 보고 첫눈에 반한다. 여주가 덜떨어진 짓을 해도 귀여워서 어쩔 줄을 모른다. 존재감이라고는 없던 평범한 여주가 시종일관 '난 아무것도 몰라요O_O'라며 남주와 서브 남주를 애태우는데, 이 무렵 남주는 질투의 화신으로 거듭난다. 여주가 다른 남자와 단둘이 있는 것만으로도 눈이 돌아가 맨주먹으로 유리창을 깨부수거나 "그 새끼 앞에서 웃지 마......." 따위의 망발을 하며 폭풍 같은 심경 변화를 겪는다.

만약 악녀가 출현할 경우, 상황은 여주에게 훨씬 불리하게 돌아간다. 악녀는 여주보다 월등히 예쁘고 날씬하며 돈이 많다. 보통 일진 무리에 속한 경우가 많은데 이때 악녀는 친구들을 동원해 여주를 괴롭힌다. 악녀의 등장 이후 여주는 갑자기 비리비리 연약한 캐릭터로 자체 다운그레이드 된다. 화장실에서 악녀에게 밟히면서도 단지 '걱정 끼치기 싫어서'라는 이유로 남주에게 사실을 알리지 않는다. 악녀의 온갖 악행에도 혼자서 끙끙대다가 도리어 남주와 이별 위기를 맞는다. 심지어 악녀가 악어의 눈물을 흘리며 "나 걔(남주의 이름을 대며) 없으면 죽어..."라고 했을 때도 "그래... 내가 빠져줄게"라며 물러서는 행태를 보이기도 한다. 물론 뒤늦게 사건의 전말을 알게 된 남주가 여주를 어둠의 구렁텅이에서 구해내기는 하지만.

한마디로 악녀는 여주에게 위기감을 선사하는 동시에, 남녀 주인공이 깊은 관계로 발전하게 돕는 일등 공신이다. 서브 남주 역시 마찬가지다. 악녀와 방식은 다르지만 두 주인공을 이어주는 사랑의 오작교를 자처한다.

④ 패싸움과 병원은 반.드.시 등장한다

"감겨 있던 눈꺼풀을 천천히 밀어 올리자 새하얀 천장이 보였다. 그리고 느껴지는 소독약 냄새. 아. 병원 싫은데……."

패싸움과 병원이 빠진 인소는 김빠진 콜라와도 같다. 인소에서 가장 박진감 넘치는 장면을 꼽으라면 아마도 공사장 패싸움이 아닐까. 야심한 밤, 각목과 쇠 파이프를 든 학생들이 서로 죽어라 치고받는 광경은 꽤나 스펙터클하다. 간혹 휘발유와 라이터가 등장하며 일촉즉발의 상황으로 치닫기도 하고.

남주는 언제나 그랬듯 숨겨두었던 비장의 발차기 스킬을 뽐내는데, 입술에 피딱지가 앉아도 아랑곳없이 주먹을 발사해대는 모습에 소녀들은 그저 홀린 듯 열광할 수밖에.

앞선 패싸움은 물 흐르듯 자연스럽게 병원과도 연결된다. 간밤의 혈투로 남주가 크게 다쳤다는 소식을 들은 여주는 눈물 바람을 하며 병원으로 달려간다. 그리고 꼭 남주 대신 다른 중환자를 붙잡고 오열하는데, 마침 등 뒤에서 나타난 남주가 "야, 네 서방 여기 있거든-_-^?" 따위의 대사를 날린다. 이때 남주는 아무리 얻어터졌어도 환자복이 '까리하게' 잘 어울려야만 한다.

⑤ 감기보다 흔한 불치병

결말이 비극일 경우 남주♥와 여주는 높은 확률로 불치병♥♥을 앓고 있다. 병명은 판에 박힌 듯 동일하다. 백혈병, 폐암, 심장병. 그리고 사랑하는 연인을 서서히 잊어가는 알츠하이머가 단골 소재다. (열여덟 살이 치매라니! 폐암이라니-_-^!)

여주가 불치병에 걸려 사망한 경우 슬픔에 빠진 남주는 스스로 목숨을 끊는 경우가 많다. 금세 여주를 잊고 다른 여자와 꽁냥거리는 남주는 글쎄. 상상하기도 싫다. 왕이 작고하면 함께 땅에 묻혔던 가야의 궁녀들처럼 왠지 남주도 여주를 따라 기꺼이 생을 마감해야 할 것 같다.

반대로 남주가 불치병에 걸려 사망한 경우 여주는 홀로 아픔

♥   병에 걸린 남주는 여주에게 어설픈 이유를 대며 이별을 고한다.
♥♥   남주는 늘 코피를 흘린다. 병의 경중과는 상관없다. only 코피다.

을 감내하며 꿋꿋하게 살아가는데, 먼 훗날에는 아이를 입양
해 키우기도 한다. 이때 아이의 이름은 반드시 남주와 자신의
이름을 한 글자씩 본 따 짓는다.

〔6〕 fun할 fun자. 뻔해서 재밌는 인소 전개

- 학교 담벼락에서 떨어진 여주는 반드시 남주와 입술 박치
  기를 하게 된다.
- 남주는 혼잡한 버스에서 여주를 지키기 위해 팔에 힘을 주
  고 버틴다.
- 우연과 우연을 더한 우연. 지독한 우연의 남발!
- 여주는 우.연.히 악녀와 남주가 키스하는 장면을 보게 된다.
- 남주는 우.연.히 여주와 서브 남주가 끌어안는 장면을 목격
  한다.
- 여주는 가장 추레하고 꾀죄죄한 몰골일 때 남주와 마주친다.
- 남주와 서브 남주는 과거 절친한 사이였지만 현재는 사이
  가 좋지 않다.
- 여주를 괴롭히던 악녀가 갑자기 태세 전환을 한다면 등 뒤
  에 남주가 서 있을 확률이 높다.
- 차에 치인 주인공은 반드시 해리성 기억상실을 경험한다.
- 몇 년 전 남주의 목숨을 구해준 사람은 사실 악녀가 아닌

여주다.

- 양아치들에게 붙잡힌 여주가 날아오는 주먹에 눈을 질끈 감는 순간, 각목을 든 남주가 등장한다.
- 전개가 느슨해질 때마다 작가가 직접 등판한다.

Chapter 3

그 시절,
우리가 사랑했던
녀석들

: 본격 인소 남주 파헤치기

Q1. 남주는 예외 없이 ○○○이다.

A. 꽃미남

베일 듯 날카로운 턱선, 검은 머리칼(때로는 은발), 쌍꺼풀 없이 큰 눈, 여자보다 더 긴 속눈썹, 가파른 콧날, 붉은 입술, 감히 모낭충 따위가 서식할 수 없는 새하얀 피부, 185센티미터 이상의 호리호리한 체격, 길고 매끄러운 손가락, 여주가 기대 안겨 울 수 있는 넓은 어깨, 딱딱한 가슴팍, 기본값으로 장착된 초콜릿 복근까지 더해야 남주의 완성.

Q2. 남주는 ○○○는 없어도 ○○은 잘해야 한다.

A. 싸가지, 싸움

우리는 스윗한 서브 남주보다 틱틱대는 츤데레 남주에게 끌린다. 남주는 언제 어디로 튈지 모르는 개망나니지만 오직 한 여자만 바라보는 순정파이기도 하다. 한마디로 싸가지는 없어도 순애보는 있는 것이다. 또 남주는 싸움을 무지막지하게 잘하는데, 상고 대가리에서 시작해 나중에는 지역 일짱, 전국구 일짱, 기어이 세계 서열 0위를 제패하기도 한다. 맨주먹으로 창문을 깨부수고 날아오는 각목을 붙잡고, 헥토파스칼 킥으로 공고 우두머리를 날려버리는 놈이 있다면 1000퍼센트의 확률로 걔가 바로 남주다.

Q3. 남주에게는 반드시 ○○ ○○가 존재한다.

A. 슬픈 과거

때때로 남주가 사연 있는 눈빛으로 어딘가를 응시한다면 슬픈 과거를 간직하고 있을 공산이 크다. 예를 들어 첫사랑의 죽음이라든지 또는 첫사랑의 죽음이라든지…… 남주에게 이렇다 할 첫사랑이 없는 경우 막장보다 더 막장 같은 가족사가 대신 등장한다. 남주는 굴지의 기업 회장님인 할아버지 덕분에 부유한 환경에서 자라지만 새엄마 혹은 새아버지와의 불화로 가정에서 소외된다. 이때, 소설 중반쯤 등장하는 남주의 새엄마는 대놓고 헤어짐을 종용하며 여주에게 돈 봉투를 투척하기도 한다.

Q4. 남주는 입만 열면 ○이 자동으로 튀어나온다.

A. 욕

남주는 욕쟁이다. 여주를 향한 애정 표현에는 언제나 육두문자가 포함돼 있다.

"씨바, 사랑한다 마누라!"

"내 심장은 병신이라 너 하나밖에 모른다."

"하, 미친. 존나 사랑한다고……."

그냥 사랑하면 안 될까. 왜 꼭 존나 사랑해야 하는 걸까. 2000년대 초는 남주의 과격한 언행과 거친 퍼포먼스가 지금에 비해 다소 너그

럽게 통용되던 시절이었다. 당시 소녀들은 담배를 입에 문 채 욕지거리를 내뱉는 남주의 모습에 환호했다. 그 결과 대다수의 남주들은 입만 열면 씨바, 존나가 추임새처럼 따라 붙는 인소계의 김수미로 전락하고 말았다.

Q5. 남주는 ○○○을 극도로 싫어한다.
A. 스킨십

빼어난 외모로 여심을 저격하지만 그들은 의외로 스킨십에 약하다. 하여 남주의 스킨십 혐오증은 간혹 여주와의 접점으로 활용되기도 한다. 우연한 입술 박치기로 남주의 순결(?)을 빼앗은 여주는 어떻게든 상황을 회피하려 하지만 스킨십에 면역이 없는 남주는 다짜고짜 생떼를 부린다.
'여고뇬 주제에 감히 내 입술을 훔쳐?
너.나.책.임.져. - _ -^'

Q6. 남주는 ○○ 빼면 시체다.
A. 질투

"그 새끼 앞에서 그렇게 웃지 마."
남주들의 단골 대사다. 남주는 질투의 화신이다. 안 그런 척하지만 누구보다 여주와 서브 남주의 사이를 의식한다. 여주가 다른 이에게 강제 키스라도 당하는 날에는 그야말로 온 세상에 지옥도가 펼쳐진다. 그러다 "너 소

독해야 돼" 같은 주옥같은 대사를 날리며 여주의 입술을 덮치기도 한다. (요즘 같은 세상에 그랬다가는 바로 철창행이다-_-^)

Q7. 남주는 여주를 ○○으로 부른다.
A. 애칭

《나쁜 남자가 끌리는 이유》의 강지한은 노아린을 노가리, 《반하다》의 지어린은 여주 현한정을 '현한정류장'이라고 불렀는데 이처럼 항상 여주에게는 특별한 애칭이 부여된다.(ex 돼지, 꼬붕, 마누라, 못난이, 내꺼 등)
사람의 이름을 잘 외우지 못하는 남주라도 어느 순간을 기점으로 여주의 이름을 깊이 새기게 된다.

Q8. 남주의 ○○은 독특하다.
A. 이름

이반지, 지어린, 김낭만, 난동경, 반휘혈, 김형광, 반해원, 강휴인, 지환영, 한여름밤, 신비원, 권강한, 반짝이는 바다, 지구온난화, 최멜로, 아로하, 정시온, 설공단, 천해명, 신언호, 강하루. 이세상, 한영웅, 김미남, 강적루, 강남류, 가승휘. 만약 지오디 김미남과 지구온난화 그리고 지오디를 안다면 당신을 진정한 인소 덕후로 임명한다.-_-⁊

Chapter 4

최애는 최애고, 섭남은 섭남이다

: 짠내 폭발 서브 남주의 모든 것

서브병이라는 말이 있다. 여주를 독차지하는 남주보다 오히려 서브 남주를 더 애정하는 이들이 앓는 병을 말한다. 그렇다면 우리는 왜 서브 남주의 사랑을 응원하는 걸까. 아마 그들의 사랑이 절대로 이루어지지 않기 때문일 것이다. 세상에 이루어질 수 없는 짝사랑보다 더 아프고 애틋한 것이 어디 있을까.

인소 속 서브 남주의 포지션은 거의 비슷하다. 그들의 서사는 시종일관 짠하고, 짠하며, 짠하다……. 그들은 유독 여주에게만 관대하다. 남주와 다툰 여주가 잔뜩 풀이 죽어 있으면 온갖 이벤트를 동원해 그녀를 웃겨준다.("거봐...바보야....넌 웃는 게 제일 예뻐...^-^...★")

하지만 은근슬쩍 남주와 화해한 여주는 '아무것도 몰라요ㅇ_ㅇ' 스킬을 시전하며 다시 그의 곁을 떠나지만, 이 속없는 서브 남주는 그런 여주의 등 뒤에서 말없이 그녀의 행복을 빌어준다. 한마디로 정의하자면 서브 남주는 호구다. 여주 한정 호구…….

2000년대 초중반, 전설처럼 회자되던 '서브남 F4'가 있었으니 여주를 향한 순애보로 우리를 웃고 울게 만들었던 이들을 지금부터 만나보자.

No.1 짠내의 정석, 《늑대의 유혹》 정태성

"다시 태어나면 절대 우리 누나만 하지 마라……."

흔히 서브 남주를 주인 잃은 새끼 고양에 비유하고는 하는데 성권 공고의 간.판. 정태성이 그 대표적인 인물이다. 소년미 뿜뿜한 외모에 교복이 잘 어울리는 훤칠한 키, 거기다 귀여운 미소까지 장착했으니 어찌 이 아기 고양이를 사랑하지 않을 수 있겠나. 하지만 무엇보다 소녀들이 열광했던 정태성의 매력은 어딘가 묘하게 슬퍼 보이는 눈빛과 분위기가 아니었나 싶다.

어릴 때부터 가정사가 불우했던 정태성에게는 오래된 기억 속 다정했던 이복 누나가 존재한다. 모두가 예상했겠지만 바로 그 누나가 여주이며, 정태성의 가슴 아픈 짝사랑은 여주 정한경과 우연히 재회하며 시작된다.

두 사람의 첫 만남은 소설과 영화에서 각기 다르게 그려지는데, 영화에서는 정태성이 정한경의 우산 속으로 뛰어들며 인연이 시작되지만, 원작에서 두 사람이 처음 마주치는 장소는 PC방이다.

학교를 땡땡이치고 PC방에서 잠을 자던 정태성은 우연히 자신의 가방을 주워준 정한경을 한눈에 알아본다. 하지만 어리버리 여주 정한경은 정태성을 알아보지 못하고, 당연한 수순처럼 이야기는 서브 남주에게 가혹하게 흘러간다.

정태성에게 여주는 유일한 가족이자 첫사랑이었고 절절한 짝사랑의 대상인 반면, 정한경에게 정태성은 그저 챙겨주고 싶은 동생일 뿐이었다.

거기다 엎친 데 덮친 격으로 남주 반해원은 저돌적으로 여주를 공략한다. 마치 후퇴를 모르고 오직 한 여자에게 돌진하는 야생 늑대처럼. 그렇게 반해원과 정한경의 사이가 급물살을 탈수록 아기 고양이 정태성의 시름은 깊어만 간다.

"난....그래.....난......하루에....백 번....천 번도 넘게...
우리 이렇게 만나게 해준...하늘....저주하고.....원망하고.....그래......"
"왜?....."

"..........누나 사랑하니까..........내가.......누나......사랑하니까..."

서브 남주와 여주가 이복 남매라는 설정 자체는 흔한 클리셰지만 상대가 정태성이기에(영화에서는 강동원) 소녀들은 고통받는 서브 남주를 보며 함께 괴로워했다. 이루어질 수 없는 사랑을 하는 정태성이 안쓰러웠고, 마치 실존 인물인 듯 그가 진심으로 행복하길 빌었다.

서브병 말기에 접어든 소녀들은 악녀의 계략에 넘어가 정태성을 의심하는 여주 정한경에 분노했고, 거듭된 오해 끝에 쓸쓸히 뉴질랜드로 떠나는 정태성을 보며 눈물을 삼켰다.

극의 모든 서사가 서브 남주를 사지로 내모는 게 느껴져 더욱 애가 탔다. 나중에는 정태성의 시그니처이자 그의 핸드폰 벨소리인 '붕기붕기 차차차'가 마치 서글픈 장송곡처럼 들렸다.

'환하다가 불을 꺼버리면 아무것도 안 보이지만, 처음부터 컴컴하면 어둠에 익숙해져 괜찮다'던 우리의 음유시인 정/태/성. 결국 뉴질랜드로 떠난 그는 앞을 보지 못하는 소녀에게 두 눈을 주고 외롭게 세상을 등지며, 정한경은 뒤늦게 그가 남긴 비디오테이프 속 영상을 보며 오열한다.

다음에 다시 태어나면 절대로 우리 누나만 하지 말아 달라는, 나이 많은 아줌마여도 좋고, 못생겨도 되니까 절대 자신의 누나만 하지 말아 달라는 정태성의 마지막 호소는 지금 보아도 심금을 울린다. 그야말로 시대를 타지 않는 원조 귀요미가 아닐 수 없다.

역시 최애는 최애고 정태성은 정태성이란 말인가. 수많은 정태성 추종자 중의 한 사람으로서 나는 아직도 정태성 시즌2를 기다린다.

No.2 너무 순수해서 새하얀 눈이 된, 《반하다》 난동경

"못난아. 나 너 동경해."

난/동/경. 이름부터 존재감을 발하는 이 녀석은 걸어 다니는 눈물 버튼으로 통했다. 연재 당시 남주였던 지어린의 인기를 가뿐히 뛰어넘은 데다 따로 개인 팬카페까지 생길 정도로 큰 사랑을 받았다.

이제 와서 하는 얘기지만 난동경의 성은 처음부터 '난' 씨가 아니었다. 당시 박효신의 〈동경〉이라는 노래를 좋아했던 나는 언젠가 차기작을 쓰게 된다면 서브 남주에게 꼭 동경이라는 이름을 붙여주겠노라 다짐했다. 그런데 막상 그 이름에는 어떤 성을 붙여봐도 이상한 거다. 한동안 남동경과 은동경을 두고 저울질하던 나는 충동적으로 동경이의 성을 '난'으로 바꾸었다.

지금 생각해보면 참으로 어이없고 멍청한 실수였다. 당시 《반하다》를 연재하는 내내 나는 '작가님, 우리나라에는 난 씨가 없어요.-_-;; 동경이는 중국인인가요?'라는 질문에 시달려야만 했다. 작가로서 조사를 충분히 하지 않은 대가를 톡톡히 치른 셈이다.

어쨌거나 이름부터 심상치 않은 이 소년은 풋풋한 동안 외모와 한 여자만 바라보는 지고지순함을 앞세워 여심을 공략했다. 무뚝뚝하고 까칠한 남주와 달리 귀요미 서브 남주는 존재만으로 힐링 그 자체였다.

난동경은 자신의 죽은 첫사랑과 똑같이 생긴 여주를 못난이라 부르며 안쓰럽게 그녀 곁을 맴돈다. 보통 남주와 서브 남주는 라이벌이자 앙숙으로 그려지는 경우가 많은데, 《반하다》의 지어린과 난동경은 절친한 친구 사이였다. 그렇기에 난동경의 고심은 더욱 클 수밖에 없었다. 자신이 먼저 여주를 사랑했지만, 차마 친구의 애인을 뺏을 수 없어 속앓이를 한다.

"한정아. 해님이 일 년에 열두 번만 울라고 했는데, 그것보다 더 울면 그림자가 젖는대. 그러니까 울지마……."

동경이의 매력 포인트는 모성애를 자극하는 가련함과 애잔함이었다.

-"못난아. 동경 뜻 찾은 거 볼까?"

"응. 불어보렴=_=..."

"마음에 두고 애틋하게 생각하여 그리워함....."

"좋은 뜻이네..."

"못난아."

"응.."

"나 너 동경해."

-"한정아. 너 내 친구라 그랬지."

"........."

"난 세상에서 친구가 제일 중요해...없으면 숨도 못 쉬어.."

"동경아."

"친구끼리는 원래 헤어지는 거 없잖아. 난 친구 제일 사랑해.. 제일 많이 사랑해.. 자경이도 사랑하고...진남이도 사랑하고.."

"......."

"그래서 너도 사랑해..."

-"내가 난동경이라서 미안해. 내가 지어린이 아니라서....."

-"아줌마...내가 여기서 매일 기다리고 있다고 한정이한테 전해 주세요.. 한정이만 생각하면 자꾸 마음이 부서지는 것 같다고...

한정이 때문에 마음이 너무 아프다고...

여기가 다 닳을 만큼 걔가 보고 싶다고..."

"그래서 네 이름이 뭔데?"

".........지어린.."

그러다 죽은 줄 알았던 자신의 첫사랑이 여주였다는 사실을 깨달은 난동경은 이미 과거의 기억을 잃은 여주를 놓아주기로 한다. '행복하세요. 이제 내가 포기할게요'라는 구구절절한 쪽지만을 남긴 채 열아홉 살에 스스로 생을 마감한다.(이쯤 되면 서브 남주의 평균 수명은 19세가 아닌가 싶다)

새하얀 눈이 돼서 딱 하루만 여주의 곁에 머물길 바랐던 그는 1년 후 자신의 바람대로 흩날리는 진눈깨비가 되어 여주의 뺨을 어루만진다.

《반하다》를 쓴 장본인으로서 소설은 완성도가 그리 높지 않았지만 서브 남주의 비극적인 엔딩으로 과분한 사랑을 받았다고 생각한다. 소설의 완결 이후 받은 감상밥의 거의 모든 지분이 난동경을 향해 있었으니 서브 남주의 절절한 서사는 소녀들의 마음을 울리는 데 확실히 한몫하는 듯하다.

No.3 죽어서도 여주만을 사랑하겠다는 파워 직진남, 《아웃싸이더》의 강은찬

"난 너 아니면 죽어도 안 되겠는데요."

어찌 보면 자기감정에 가장 충실했던 캐릭터가 아닌가 싶다. 강은찬은 처음부터 여주 한설만을 사랑했고 마지막까지 그녀만을 원했다. 아직까지도 팬들 사이에서는 《아웃싸이더》의 남주가 강하루인지, 강은찬인지를 두고 의견이 갈린다. 강은찬은 소설 전반에서 남주와 동등한 존재감을 과시했다. 이루어질 수 없는 사랑에 그저 아파하던 다른 서브 남주에 비해 강은찬은 여주와 잘될 여지가 분명히 있었다. 그래서 더 마음이 쓰이는 인물이기도 하다.

《아웃싸이더》는 두 형제가 동시에 한 여자를 사랑하는 이야기다. 흔한 클리셰이지만 나는 개인적으로 귀여니 작가의 감성을 좋아한다. 왠지 다가가기 어려운 남주 강하루에 비해, 강은찬은 열여덟 살, 딱 그 나이대의 소년 같았다. 시끄럽고 다혈질인 데다 남자 친구들과 우르르 몰려다니기를 좋아하는.

그는 처음에 한설을 지독히 싫어했다. 할아버지가 멋대로 입양해 데려온 한설을 거지 취급하며 같은 식탁에 앉는 것조차 거부했을 정도다. 하지만 사사건건 저와 부딪치는 맹랑한 여자애에게 한순간에 마음을 빼앗기며 강은찬의 앞에는 가시밭 길이 펼쳐진다. 그리고 이내 한설에게 직진한다. 자신의 인생이 10이면 한설도 10이고, 자신의 인생이 100이면 한설도 100이라는 이 스윗보이는 남주 강하루와는 확실히 다른 면모를 보인다.

사고로 기억을 잃은 강하루가 여주를 알아보지 못하는 동안에도 강은찬은 굳건히 한설의 곁을 지킨다. 하지만 '서브 남주의 사랑은 절대로 이루어지지 않는다'는 인소의 공식이 그에게도 예외는 아니었다.

강은찬은 삶의 의지를 잃고 바다로 뛰어든 여주를 지키지 못했으며 끝내 그녀에게도 선택받지 못한다. 오히려 한 여자에게 직진한 대가로 홀로 남겨지게 된다.

《아웃싸이더》는 대놓고 열린 결말을 지향한다. 강하루, 강은찬 형제 중 여주를 따라 죽음을 선택한 사람이 누군지 확실치 않다. 그저 대부분이 남주인 강하루일 것이라 예측할 뿐이다.

나는 여주의 곁으로 떠난 사람이 어쩌면 강은찬일지도 모른다고 생각한다. 완성되지 못한 사랑보다, 시작조차 해보지 못한 사랑이 더 아쉬운 법이니까. 강은찬은 자신의 인생에서 한설을 빼면 남는 게 아무것도 없다고 말했으니까. 이름조차 외로운 아이 한설이 그에게는 전부였으니까 말이다.

No.4 서사 맛집, 《워너비 콤플렉스》 가승휘

'이제 다시는 나 기억 안 해줘도 돼.'

사실 가승휘는 서브 남주의 탈을 쓴 남주라고 해도 과언이 아닐 정도로 비중이 높은 인물이다. 애초에 여주와 사랑을 나눴던 사람도, 마지막까지 여주를 위해 희생한 사람도 그였으니까.

KG라는 대한민국 초능력 관리 기관에 소속된 가승휘는 타인의 기억을 조종하는 메모리 컨트롤 에스퍼다. (초능력을 가진 서브 남주라니. 뭐지, 이 신선함은......?) 과거 가승휘는 여주 민지율을 기관으로부터 보호하기 위해 직접 그녀의 기억을 삭제했다. 그로 인해 민지율은 가승휘와 자신이 연인 사이였다는 사실을 잊게 되고, 또 다른 초능력 에스퍼인 남주 정우현과 사랑에 빠진다.

여주의 안전을 위해 어쩔 수 없이 기억을 지우기는 했지만, 다시 그녀와 예전처럼 사랑할 수 있으리라 믿었던 가승휘는 크게 상처받는다. 그는 변함없이 민지율을 사랑했지만 이미 민지율에게는 정우현이 있었다. 소녀들은 진짜 남주인 줄 알았던 가승휘가 사실은 서브 남주였다는 사실에 안타까움을 금치 못했다.

"초능력자는 절대로 행복해질 수 없어. 그러니까 더는 다가오지 마."

"너, 나를 알아?"

"네 기억을 지울 거니까 지금만큼은 편하게 말해도 되겠지."

"……."

"너는 나를 모르겠지만……."

"……."

"나는 네가 보고 싶었어."

습관적 울보인 다른 서브 남주들과 달리 가승휘는 초능력 에스퍼의 특성상 마지막까지 냉정함을 잃지 않는 인물이다. 여주 앞에서 자신의 속내를 잘 꺼내 보이지도 않는다. 결말에서 그는 여주를 포함한 친구들의 기억 속에서 다시 자신을 지운 뒤 혼자서 악의 근원인 KG로 돌아간다. 사랑했던 연인도, 친구도 잃고 본인의 자유까지 반납한 것이다. 심지어 그는 여주를 위해 평생 고통에 몸부림치며 살아가겠다고 말한다. 가혹한 운명을 너무도 담담히 받아들이는 모습은 어쩐지 그를 더 꼭 안아주고 싶게 만든다.

다른 남자와 결혼하게 된 여주를 찾아와 무심한 척 예쁘다, 한마디를 던지던 가승휘를 보며 나는 이불을 뒤집어쓰고 꺼이꺼이 통곡했다.

한때 우리를 몹시 아프게 했던 서사 몰빵 서브 남주 가승휘,

넌 아직도 어딘가에서 민지율의 행복을 빌어주고 있겠지?

Chapter 5.

내가
얌파냐......?

: 소녀들이 열광했던 인소 명대사.txt

그 시절 우리가 사랑했던 종이 남친 TOP3가 있었다.

- 《꽃보다 남자》의 츠카사
- 《너에게 닿기를》♥의 카제하야
- 《내 남자친구에게》의 권은형

여자 친구 이강순을 너무나도 사랑했지만 어린 나이에 폐암으로 절명해 버린, 끝내 하늘의 별이 되어버린 너란 남자 권은형......☆ 그는 한때 소녀들의 수분을 앗아가는 눈물 도둑으로 통했다. 그리고 죽기 직전까지도 무수히 많은 어록을 남겼다.

♥   2000년대 중후반 선풍적인 인기를 끌었던 일본 순정 만화. 주인공 카제하야는 당시 남자 주인공들에게서는 찾아보기 힘들었던 다정한 매력으로 소녀들을 설레게 했으며 여전히 원조 종이 남친으로 통한다.

-"이강순, 내가 네 별이다."

-내 심장은 병신이다. 그래서 한 사람밖에 사랑할 줄 모른다.

-"넌 만약에 내가 없다면, 내가 네 옆에 없다면 어떻게 될 거 같아?"
"음..."
"모르겠어?"
"아마도... 잠자겠다 쿨쿨."
"그게 뭐야."
"영원히."

　　당연히 소녀들은 열광했다. 권은형의 순애보에. 그의 말발에....... 인소 세계관에서 빠질 수 없는 것이 바로 남주의 화술인데, 냅다 주먹질만 해서는 절대 소녀들의 환심을 살 수 없었다.

"너 나 얼만큼 좋아해?"
"바늘 구멍.."
"죽고잡냐..-_-"
"바늘 구멍 크기 빼고 다....."

　　　　　　　　　　　　　　　　　　　　-《그놈은 멋있었다》

"정원아..."

"..."

"대답해... 그래야지 말하잖아."

"어."

"사랑해서... 미안해."

"하..."

"앞으로 사랑 같은 거 하지 말자."

-《도레미파솔라시도》

특히 귀여니 작가는 여심을 울리는 대사 스킬이 뛰어났다. 그중에서도 《아웃싸이더》는 인물 간 핑퐁처럼 오고 가는 대사와 감정선이 돋보이는 작품이었다.

-"사랑한다고."

"..."

"형은 죽을 때까지..."

"..."

"그 동생은 죽어서도."

-"나 좋아하지 마."

"그게 뭔데."

"나 좋아하지 말라고."

"그거 어떻게 하는 건데."

-"내 키는 180이 아니라 182.5, 취미는 골프가 아니라 보드 타기, 좋아

하는 색깔은 파란색이 아니라 흰색...혈액형은 에이형이 아니라 오형..."

"......."

"꿈은 회사 경영이 아니라 니가 행복해지는 거."

"........"

"병신...어떻게 이름 빼고 아는 게 하나도 없어...."

"제발..."

"웃어라....."

-《아웃싸이더》

일명 명대사 제조기라 불리는 2세대 작가들도 있었다. 《온새
미로》, 《혼수상태》의 가그린 작가, 《나쁜 남자가 끌리는 이유》
의 백원 작가다.

-"또 또 내기할까?"

"뭔 내기."

"김형광이 온새미로 잊는 데 걸리는 시간."

"좋아! 내기라면 나 또 환장하는 거 알지? 6개월 건다. 깔끔하게. 넌?"

"난..."

"넌 뭐 새꺄."

"깔끔하게. 백 년 건다."

-"넌 나 얼만큼 사랑하냐."

" ...."

"질문을 바꿀게. 넌 나 사랑하냐?"

-《온새미로》

"헤어지지 않아."

...어..?

뭐라고? 신언호 너 지금 뭐라고..?

"햇님하고 달은 헤어지지 않아. 함께 하늘에 떠 있잖아."

" ......"

"그러니까 이햇살하고 신언호도 헤어지지 않아."

-《혼수상태》

"다시는 그딴 눈빛으로 다른 새끼 쳐다보면 죽는다."

"나 죽일 거야?"

"아니."

"죽는다며."

57

"내가 죽어."

-《잘난 척하는 입술로 내게 키스해》

"약혼 그딴 거 웃기지 않냐."

"......응."

"근데 노아린이랑은 하고 싶어."

-《나쁜 남자가 끌리는 이유》

아직도 포털 사이트에는 '인소 명대사 모음.txt'이 돌아다니는데, 나도 한때는 남주들을 혹사시켰다. 'I love you~' 라고 써진 버튼을 누르면 깜찍한 소리를 내는 인형처럼, 누르면 자동으로 명대사가 튀어나오도록 그들을 조련했다. 그 결과, 나는 수년째 고통받고 있다.......

"왜 울었는데."

"양파 썰다가."

"왜 울었냐고."

"양파 때문이라고 대답했어."

"........내가 양파냐."

-《개기면 죽는다》

유튜브에 '내가 양파냐'를 검색하면 관련 영상이 우수수 쏟아진다. 특히 주인공의 대사를 따라하며 민망함에 어쩔 줄 모르는 장면을 보면 나도 모르게 숨고 싶어진다. 한때는 남주의 주옥같은 말 한마디에 울고 웃던 우리였는데, 지금 보면 왜 이렇게 부끄러운지 모르겠다. (아니 좀 유치하면 어때서=_=^)

갑자기 그런 생각이 든다. 만약 코로나가 기승을 부리던 때에 인소가 유행했다면 어땠을까. 아마 남주는 이런 어록을 남기지 않았을까.

"야. 너 마스크 어디다 팔아 먹었냐-_-^ 내가 똑바로 쓰고 다니랬지."

"헤헤-0- 숨 막혀서 구래... 재수 털리는 코로나 새끼ㅜ_ㅜ!! 휘혈이 넌 마스크 안 답답해?"

"그딴 거 쓰나 안 쓰나 똑같아."

"뭐??-0- 왜...?"

"네 옆에 있으면, 어차피 숨 막히는 건 똑같다고."

Chapter 6

'오천 원만 주면 키스해 주는 놈' 한테 '개기면 죽는다'

: 강렬했던 인소 제목에 대한 고찰

왓! 키스 타이어보다 싸다

KISS SALES BOY

《잘난 척하는 입술로 내게 키스해》

《담배 피는 공주님》

《하느님 저를 죽여 주세요》

《서열 1위, 13살 초등학생에게 무너지다!》

《아빠가 된 일진짱》

《짱들의 연애방식》

《오천 원만 주면 키스해주는 놈》

《전국 서열 1위 그놈과 찜질방에서의 만남》

《서열들의 심장을 뛰게 한 그녀는 전국 얼짱》

《키스 팔이 소년》

《문제아 건드리고 살아남기》

《한 살 연하 전국 서열 1위 유혹하기》

《야, 나 치킨인데 양념 옷을 벗고 와서 추우니까 문 좀 열어줘》

바야흐로 센 놈만이 살아남는 시대였다. 인소 작가들은 제목 강박에 시달렸다고 해도 과언이 아닐 만큼. 하루에 수백, 수천 편씩 쏟아지는 경쟁작들 사이에서 살아남으려면 첫인상부터 남달라야 했다. 웬만큼 매운맛이 아니면 내성이 생긴 소녀들을 만족시키지 못했다. 소녀들은 더 화끈한 불 맛을 원했다.

그래서 준비해 보았다. 이름하여 ★인소식 제목 짓는 법-_-★

① 제목은 무조건 자극적이어야 한다

특히 서열, 일진, 키스, 짱, 남장이라는 단어가 들어가주면 좋다. 만약 새드엔딩 소설이라면 제목에 '심장'이라는 단어는 필수다. (ex.《심장 배반》,《어느 날 심장이 말했다》,《제 심장이 저보고 죽는대요》,《십 대에게도 심장은 있다》 등)

② 제목에 스포일러를 더하라

《오천 원만 주면 키스해주는 놈》

《내 여자친구를 일진 짱에게 한 달간 빌려주다》

《남자 기피증 환자! 남고에 가다!!》

《왕따 남매가 서열들과 영혼이 바뀌었다고》

《결코 평범할 수 없는 나! 지금은 남장 중?!》

이처럼 제목에 줄거리를 노출하면 나와 코드가 맞는 독자를 빠르게 확보할 수 있다는 이점이 있었다.

③ 남주의 이름을 활용하자

인소의 백미는 누가 뭐래도 잘생기고 깔쌈한 남자 주인공이다. 제목에 남주의 이름을 넣으면 소녀들의 호감도가 상승했다.

《60억 분의 최멜로》

《김낭만 죽이기》

《은겸에게》

《온새미로》

가그린 작가의 《온새미로》는 특이하게도 여주의 이름에서 따온 제목인데, 작가의 대표작이라고 할 수 있을 만큼 당시 큰 인기를 누렸다.

④ 특수문자는 반드시 들어가야 한다

※※개기면 죽는다、※※

****내 사랑 싸가지****

★난 꼬맹이가 아니야).〈★

■■■똥폼 잡는 그넘, 넘어가지 말자■■■

당시 제목 앞뒤로 화려한 특수문자를 넣어주는 것이 포인트
였는데 주로 하트나 별, 당구장 기호 등이 쓰였다. 특수문자가
화려할수록 경쟁작들 사이에서 눈에 잘 띄었다.

⑤ 예외는 있다

이목을 끄는 제목보다 중요한 것은 결국 작가의 필력이다.
재밌으면 장땡이라는 말은 괜한 말이 아니다. 귀여니 작가의
경우 《늑대의 유혹》이나 《도레미파솔라시도》처럼 간결하고
기억하기 쉬운 제목을 즐겨 썼다. 가그린 작가의 《헬리오토로
프》나, 다죽자 작가의 《그래도 지구는 돈다》는 다소 난해할 수
있는 제목을 필력으로 커버했다. 청몽채화 작가는 《워너비 콤
플렉스》, 《작전코드 미라클》, 《관계자 외 출입금지》를 제목의
선정성과 관계없이 오로지 필력만으로 히트시켰다.

Chapter 7

다음 중
남주의 표정으로
옳은 것을
고르시오

: 인소 속 이모티콘 활용법-_-^

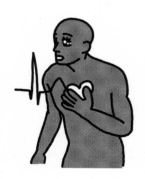

인소를 처음 접하는 사람에게 이모티콘은 진입 장벽처럼 느껴질 수도 있지만, 나는 그 반대다. 이모티콘 없는 인소는 앙꼬 없는 찐빵이다. 문장력이 미숙했던 십 대 작가들에게 이모티콘은 한 줄기 빛이었다. '슬픔에 빠진 여주가 고개를 떨군 채 하염없이 눈물을 흘렸다'라는 문장이 'ㅜOㅜ,,,,'로 축약되니, 세상 그렇게 편할 수가 없었다. 이모티콘은 작가가 좀 더 편하게 글을 쓸 수 있는 일종의 치트키였다.

"나 너 진짜 싫어."

"나 너 진짜 싫어.=_=^"

이 경우 남주는 정말 여주가 싫어서 싫다고 하는 것일까?

"우리 그만 헤어지자."
"우리 그만 헤어지자.^-^"

웃으며 여주를 보내줘야 하는 서브 남주의 아픔이 더 잘 느껴지는 쪽은 어느 쪽인가?

사실 나는 이모티콘을 남발하는 작가였다-0-. 이모티콘을 쓰면 인물의 감정을 보다 쉽고 분명하게 전달할 수 있었기에. 그럼 지금부터 소녀들의 인소 덕후력을 테스트해보겠다+_+!! 어쩌면 우리 동년배들에게는 너무 쉬운 문제일지도 모르겠다.

Q1. 다음 중 남주를 고르시오.

① -_-^?

② +_+?

③ ㅇ_ㅇ!

④ ^-^

Q2. 남주와 의도치 않은 입술 박치기 후 여주의 반응으로 알맞은 것을 고르시오.

① "부...부끄럽쌉사리!>_<"

② "지금....뭔가 물컹한 게 닿았다 떨어진 것 같은데=_=....꿈....인가?"

③ "-0-꺅! 몰라 몰라! 나 책임져 도둑놈! 그건 내 첫 키스였다궁!"

④ "하악, 하악....한 번만 더! 원모 타임—.,—!!"

Q3. 여주를 놓아줄 수밖에 없는 서브 남주의 심정으로 가장 적절한 것을 고르시오.

① 잘가....행복해 여주야...히잉ㅜ0ㅜ

② 우리 이젠 다신 못 보는 거야..그렇게 알아..ㅇ_ㅇ.

③ 잘가라능...=_+....또 보자능....

④ ....지 마......가지 마.....제발,,,,,^-^....

Q4. 귀요미 사차원 남주의 시그니처 표정을 고르시오.

① 야, 돼지 뭐해.>..<

② 야, 돼지 뭐해-0-

③ 야, 돼지 뭐해^_^

④ 야, 돼지 뭐해*_*

Q5. 여주가 직접 만든 초콜릿을 선물받은 남주의 반응으로 옳은 것을 고르시오.

① 이걸 네가 직접 만들었다고? 수고 했어ㅠ_ㅠ!

② 나 단 거 싫어해. 너 다 먹어^_^

③ 하.,,,사랑한다 마누라.,,——^...

④ 뭔데 이건....똥이냐? =_=^ 안에 독 든 거 아냐? 일단 가져와 봐.=_=^

정답은 ①, ②, ④, ②, ④이다. (전부 맞췄다면 당신을 진정한 인소 덕후로 임명한다-_-!)

당시 나는 인소를 오락 콘텐츠라고 생각했다. 그렇기에 이모티콘을 쓰는 데 주저함이 없었다. 하지만 이모티콘을 비교적 자유롭게 활용했던 1세대 작가들과 달리 2, 3세대 인소 작가들은 이모티콘 사용을 금기시했다. 대표적으로 백묘, 청몽채화 작가 등이 노티콘 소설♥로 많은 사랑을 받았다.

그 후 시간이 흘러 이제 이모티콘이 들어간 소설은 완전히 사장되었다. 2023년 현재 소설에 이모티콘을 쓰는 작가는 거의(아예) 찾아볼 수가 없는데, 그래서 내가 한번 준비해 보았다.*-_-*

이모티콘을 마구 남발할 예정이니 관대한 마음으로 즐겨주시기를 바란다.

♥ 이모티콘을 배제한 인터넷 소설. 2세대 인소 작가들을 중심으로 이모티콘을 지양하는 분위기가 형성되었다.

모나미의 이중생활
1화

안녕. 내 이름은 모나미-_-. 방년 18세. 꽃다운 여고생이다.

아니...꽃다운이라는 말은 빼야겠다. 나는 못생겼다.

존재감 없이 희미한 이목구비에 짜리몽땅한 키,

거기다 아빠에게 물려받은 천.연.악.성.곱.슬 머리까지.

찐친 수윤이 논은 날 이름 대신 해그리드라고 부른다=_=^...

여튼 난 오늘 장장 세 시간에 걸쳐 이 저주받은 곱슬머리를 고데기로

지졌다. 인터넷에서 크롭티와 짧은 치마도 주문했다!

왜냐하면....

오늘은 아주 특.별.한 사람을 만나는 날이니까....후후=_=

"아 쓰발, 깜짝이야!"

그때였다. 횡단보도를 우르르 건너오던 남학생 무리 중 한 녀석이 별

안간 날 향해 고함을 내질렀다.

"야! 너 내가 밖에서 아는 척하지 말랬지!"

"누구신데요-_-."

"나 니 남동생이다-0-!!!!!!"

웃기는 새끼네 저거.-_- 지가 먼저 아는 척하고 뭐라는 거야.

"휴. 각자 갈 길 가자. 피곤하다...."

나는 우리 엄마 아들인 모미남을 뒤로한 채 횡단보도를 마저 건너기
시작했다.

"야, 너 근데 어디 가냐? 왜 꾸몄냐?!"
"저게 꾸민거여??"
"하하하, 이게 머선 일이고!!"

우씨,,,ㅠ_ㅠ^ 한 겨울에 크롭티를 입은 나를 보며 등 뒤에서 모미남
패거리가 웃음을 터뜨렸다.

"누나 너 설마 남자 만나러 가냐??"
"뭐래-0-!! 아니거든?"
사실은 맞다.....ㅡ.,ㅡ....나는 멋쩍은 얼굴로 황급히 발길을 재촉했
다. 등 뒤에서 모미남이 혹시 수중에 돈 좀 있냐며 치근대는 소리가
들려왔지만 눈 하나 깜짝 않고 그곳을 벗어났다. (세상 할 짓이 없어
서 누나한테 삥을 뜯냐. 저 개샛키-_-)

"후우와아, 춥다....."

그리고 얼마나 시간이 지났을까.

인파가 오가는 강남 한복판에서 나는 반짝이는 대형 트리를 올려다 보고 있었다.

"슬슬 올 때가 됐는데....."

애플워치로 시간을 확인할 때마다 왠지 가슴이 쿵쿵 떨려온다.

ㅠ_ㅠ.후하 후하...

[나 거의 다 와 가.]

그때 핸드폰이 울리며 정윤오에게서 디엠이 날아왔다.

내가 아는 바로 그 정.윤.오.에게서....!!

두근두근ㅜ.ㅜ...심장아 제발 나대지 마.....

[나 먼저 와서 기다리고 있어. 천천히 와)_〈]

떨리는 마음을 애써 뒤로하고 정윤오에게 디엠을 보냈다.

그런 다음 나는 내 비공개 계정에 들어가 피드를 확인했다.

-와, 너무 예쁘세요, 하늘 님!

-공구 다시 열 생각 없으신가요?

-채하늘 님 광고 문의드려요. 디엠 확인 부탁드립니다.

-하늘 님 진짜 아름다우세요. 보정은 스노우 앱으로 하세요?

실시간으로 눌리는 하트를 흡족하게 바라보던 나는 '보정'이라는 말에 움찔했다ー.,ー

사실 채하늘은..... 나의 숨겨진 또 다른 이름이다....
나는 아무도 모르는 비밀 계정에 매일 보정한 사진을 올린다.
그렇게 몇 달 째 모나미가 아닌 채하늘로 살아가고 있다.
실물과 200퍼센트 다른 사진으로 셀럽 놀이를 하는 게 부끄럽지도 않냐고=_=? 당연히......쪽팔린다.
처음엔 장난이었지만 지금은 일이 너무 커져 버렸다.

그때 머릿속으로 정윤오를 떠올렸다.
186센티미터의 모델 같은 키에 어딘가 사연 있어 보이는 촉촉한 눈동자, 파리도 또르르 미끄러질 정도로 가파른 콧날, 거기다 손대면 베일 듯한 날렵한 턱선까지.
정윤오는 우리 학교에서 가장 잘생긴 녀석이었다.
인스타에 대충 찍은 사진을 올릴 때마다 협찬이나 광고 디엠이 우수수 쏟아진다나 뭐라나.

여튼, 흠흠ー_ー.
1년 전 새 학기가 시작되고 녀석과 같은 반이 됐다는 사실에 얼마나 가슴이 떨렸는지 모른다..-0-..

어쩌면 이번 기회에 정윤오와 친해질 수 있지 않을까. 잠시나마 그런 헛된 기대를 품었다. 하지만 얼마 안 가 정윤오와 나의 '급' 차이를 뼈저리게 실감했다. 그 애가 백조라면, 나는 까마귀였다-_-

그 애가 왕자라면 나는 무수리였고, 불가촉천민이었다-_-...

정윤오를 좋아하지만, 자신감이 바닥이었던 나는 도저히 그 애와 가까워질 엄두가 나지 않았다. 그래서 어떻게 했냐고?

충동적으로 정윤오에게 디엠을 전송하고 말았다.

물론 모나미가 아닌 채.하.늘의 계정으로.......

[ㅎㅇㅎㅇ. 우리 인친 할래?]

못생긴 모나미와 달리, 채하늘은 예쁘고 당돌한 여자아이였다. 한참 뒤, 정윤오에게서 답장이 왔다.

[그래.]

역시...정윤오도 예쁜 여자한테는 약하구나....

왠지 씁쓸했지만 그날 이후 매일 밤 정윤오와 디엠을 주고받았다. 싸가지 없고 까칠한 애인 줄만 알았는데, 생각보다 의외의 구석이 많았다.

그 애는 혼자 영화 보는 걸 좋아했고, 소문과는 달리 술, 담배를 하지 않았다. 이상형은 한겨울에 크.롭.티를 입고 당당히 거리를 활보하는 여자.=_=....=_+....

또 정윤오와 나는 영화 취향도 꽤 비슷한 편이었다.

그래서 매일 밤 같은 영화를 공유해 보기도 했다.

정윤오가 자신의 넷플릭스 비번을 처음 알려준 날, 너무 떨려서 잠을 이루지 못했다. (남녀가 계정을 공유한다? 이거야말로 찐 그린라이트가 아닌가-0-!!)

'후....그게 벌써 6개월 전 일이로군......-_-.......'

초대형 트리를 멍하니 올려다보다 나도 모르게 한숨을 푹 내쉬었다. 얼마 후면 다시 새 학년이 시작될 테고, 그럼 교실에서 정윤오를 흘끔흘끔 훔쳐보는 짓도 더는 할 수 없게 된다-_-.

반이 바뀌기 전에.....그 애한테 진짜 내 모습을 보여주고 싶었다. 그게 오늘 여기 나온 이유다....

'물론 정윤오는 채하늘이 나오는 줄 알고 있겠지....ㅡ.,ㅡ....'

날 보면 어떤 표정을 지을까. 사실을 알게 됐을 때 날 원망하지는 않을까? 욕을 하거나 침을 뱉지는 않을까...ㅡ.,ㅡ..?

생각할수록 점점 안 좋은 예감이 든 나는-_- 재빨리 고개를 저었다.

'침착해..,지난 6개월 간 봐온 정윤오는 그렇게 나쁜 애가 아니야. 그래, 오늘 모든 걸 솔직하게 고백하는 거야.. 채하늘은 실제로 존재하지 않는다고... 그동안 정윤오 너랑 디엠을 주고받던 사람은...사실 나였다고 얘기하자......'

그렇게 혼자서 떨리는 마음을 추스르고 있을 때였다. 멀리서 다가오는 교복 무리가 보였다.

헉..=_=....

그들이 정윤오와 그의 절친들이라는 사실을 깨달은 순간, 자리에서 얼어버리고 말았다.
왜 저렇게 친구들을 우르르 달고 나온 거지?

"가라고, 미친 새끼들아."

멀리서 정윤오의 목소리가 들렸다.

"야~ 윤오가 여자를 만난다는데 안 따라 나오고 배겨〉_〈?"
"우린 그냥 멀리서 채하늘 얼굴만 보고 갈게~~"
"근데 이 새끼도 남자였네. 여자한테 관심 없는 척하더니...윤오 너 예쁜 여자 좋아하는구나?"
"꺼져. 그런 거 아니니까."

정윤오가 친구들을 밀치며 내 곁으로 다가섰다.
동시에 훅 밀려오는 바디워시 향기...악ㅡ..ㅡ...
나는 숨조차 제대로 쉬지 못한 채 정윤오를 올려다봤고.....

그 애는......그 애는 당연히 나를 알아보지 못했다....

그저 예쁜 채하늘이 어서 나타나기만을 기다릴 뿐...

"......."

그러다 순간 묘한 수치심이 차올랐다. 말없이 손에 들고 있던 쇼핑백을 내려다보았다. 그 안에는 정윤오에게 선물할 목도리와 전기 손난로가 들어 있었다.

우 씨. 기분이 왜 이렇지...

이미 각오한 일인데....어쩐지 날 알아보지 못하는 정윤오가 야속했다. (심지어 지난 1년 내내 같은 반이었는데도...!)

"어. 친구야. 너 우리 반이지)_〈?"

그때였다. 정윤오 곁에 서 있던 '노란 대가리'가 나를 향해 생긋 웃어보였다. 녀석의 이름은 조운하. 같은 반이기는 해도 말 한 번 섞어본 적이 없는데. 어떻게 날 알아본 거지?

"우리 반에 이런 애가 있었어??"

왔더...ㅠ_ㅠ 조운하 덕분에 남자애들 시선이 일제히 내게 꽂히고 말았다. 물론 정윤오의 시선도 포함이었다......

"근데 친구 너어, 이름이 모여찌이??)_("

혀 짧은 소리 내지 마렴, 이 옐로우 대가리야-_-.....
나는 어쩔 수 없이=_= 개미만한 소리로 입술을 달싹였다.

"모나미......"
"퓹! 볼펜??"
"삐쩍 말라서 대가리만 큰 게 진짜 볼펜 자루같이 생기긴 함."

쏟아지는 조롱에 얼굴이 화끈거리는 것을 느꼈다.
그리고 실소하는 정윤오가 시야에 들어왔다.
그러니까 너도 지금 내가 웃기다는 거지.....?
왠지 가슴 한켠이 욱신거렸다. 그래도 나름 친해졌다고 생각했는데.
지난 6개월 간 나는 정윤오랑 대체 뭘 하고 있었던 거지.....?
어차피 재한테는 채하늘이 진짜고 내가 가짜인데.

"아이구 안춥냐~ 배꼽 보인다~"
"퓹, 존나 웃기네."

놈들이 내 크롭티를 흘깃거리더니 자기들끼리 웃음을 터뜨렸다. 그
순간, 왠지 오기가 발동한 나는 들고 있던 쇼핑백을 홱! 정윤오 앞에

내밀었다.

"......?"

의아하다는 표정으로 정윤오가 나를 바라보았다

"전해달라더라. 채하늘이."

"......뭐?"

"아까 급한 일이 있어서 먼저 가겠다고 했어. 나한테 대신 이것 좀 전

해 주라...고...."

아오, 나 지금 뭐라고 지껄이고 있는 거야...-_-...

"채하늘이 이걸 너한테 맡기고 갔다고?"

"어....=_=..."

"네가 걔랑 아는 사이라고?"

"아마도=_=???"

아마도라니. 미쳤어, 모나미ㅜ0ㅜ 가만히라도 있음 중간이나 갈걸.

"그, 그럼 전달했으니 난 이만.....!"

잘들 있으시게, 아디오스-_-!!

허둥지둥 달아나는 내 눈에 쇼핑백을 열어보는 정윤오의 모습이 들어

왔다.

[올 겨울은 유난히 춥대. 감기 조심해.]

선물에 붙여둔 쪽지를 내려다보던 정윤오가 다시 고개를 들고 날 응시했다.

"......."
"......."
우리 사이엔 몇 초 간 짧은 눈맞춤이 이어졌고...
왠지 귀가 뜨거워진 내가 황급히 자리를 벗어나려는 순간-
"야. 볼펜."

볼펜-_-?? 설마 나 부른 건가?

"나.....?"
"어. 너."
"......."
"네가 채하늘이야? "
순간 온몸의 피가 가시며 심장이 발밑으로 떨어지는 듯했다.

"아..아닌데? 무슨 소리야..."

티 나게 말을 더듬는 나를 정윤오가 지그시 응시했다.

"그래? 알겠어."

곧 그 애의 시선이 내게서 떨어져 나갔다. 나는 일단 여길 벗어나야
겠다는 생각에 무작정 걷기 시작했고,
지잉- 지이이이잉-
하필이면 그때 손안에서 핸드폰 진동이 느껴졌다...

ㅜ_ㅜ엄마야....

나는 새하얗게 질린 채로 천천히 뒤를 돌아봤다.....
한쪽 귀에 핸드폰을 갖다 댄 정윤오가 낮은 목소리로 말했다.

"맞네. 채하늘."

오마이 갓....난 이제 주거따ㅠ0ㅠ!

-end-

이모티콘이 난무하는 소설을 꼭 16년 만에 다시 써보니 참으로 감회가 새롭다. 왠지 머리에 피가 도는 기분이랄까-0-!! 다른 작업을 할 때보다 인소를 쓸 때 더 신명이 나는 것을 보니, 나는 돌고 돌아 인소 작가로 살아갈 운명인가 보다.

그래서 2편 원하시는 분 없나요~~~~~~~-_-???

Chapter 8

여기가
가상 캐스팅
맛집인가요?

: 인소와 얼짱은 공생 관계였다

인터넷 얼짱♥이 아이돌 못지않은 인기를 누리던 2000년대 초반, 소녀들은 인소 속 등장인물과 이미지가 잘 어울리는 얼짱들로 '가상 캐릭터를' 만들었다.

　　반윤희♥♥, 설우석, 주인호, 김경록, 최하늘, 김준일, 서애림, 홍아름, 박태준, 유보화, 박가영, 홍영기, 한아름송이...... 가상

♥　　　2000년대 초반 십 대를 중심으로 인터넷상에 퍼진 유행어로 얼굴이 다른
　　　　사람들보다 뛰어나게 잘생겼거나 예쁜 사람을 일컫는다.
♥♥　　가장 유명했던 여자 얼짱. 그야말로 혁명이었다. 한 손으로 입을 가린 채
　　　　찍은 셀카, 카라 티셔츠에 카고 바지, 리바이스 데님, 초코송이 머리까지.
　　　　유행시킨 아이템이 셀 수 없을 정도다. 미용실에 사진을 들고 가 똑같이
　　　　해달라고 하거나 수학여행 때 그녀처럼 꾸미고 오는 여학생들도 부지기
　　　　수였다.

캐릭터 후보에 마르고 닳도록 등장했던 1~3세대 얼짱들이다. 그들과 인소는 코뿔소와 할미새처럼, 니모와 말미잘처럼 떼려야 뗄 수 없는 공생 관계였다. 얼짱들은 가상 캐릭터를 통해 얼굴을 알렸고, 인소 작가들은 덕분에 작품을 홍보할 수 있었다.

그때는 설우석이나 주인호를 모르면 간첩 소리를 들었다. 31가지 아이스크림 가게의 분홍색 스푼을 입에 물고 비니를 뒤집어쓴 채 뾰로통한 표정을 짓고 있는 설우석의 사진은 《도레미파솔라시도》의 신은규를 비롯한 수많은 귀요미 남주의 가상 캐릭터로 재탄생했다. 웹 사이트마다 인소 가상 캐릭터가 돌아다녔고 유명 얼짱들은 사인회를 열거나 엠알케이나 와와109♥같은 잡지의 표지를 장식하기도 했다.

그들의 헤어 스타일은 무척 화려했는데 노랑, 빨강, 오렌지색으로 염색한 머리를 치켜들고 한껏 폼 나는 사진을 찍어 올리면 소녀들은 기다렸다는 듯이 가상 캐스팅과 축전을 제작해 다음 카페에 뿌렸다.

귀여니 작가의 《그놈은 멋있었다》 영화 오디션에는 3만 명이나 몰렸는데, 화제의 얼짱들이 대거 참여했고 실제로 얼짱 김경록이 여주의 친구 역할에 캐스팅되는 영광을 누리기도 했

♥   2000년대 초반 대유행했던 월간 청소년 잡지. 연예계 뉴스나 패션 뷰티 등의 노하우가 실려 있었는데 부록으로 예쁜 편지지를 제공했다. 당시 문방구에 가면 어렵지 않게 구할 수 있었다.

다. 시트콤 〈거침없이 하이킥〉에 출연한 김혜성 배우 역시 얼
짱 출신이었으며 인소 가상 캐릭터에서 주로 귀여운 이미지의
남주를 담당했다.

상황이 이렇다 보니 나중에는 가상 캐스팅 선발 대회 같은
것이 열리기도 했는데, 내 팬카페에서도 《개기면 죽는다》의 남
주 이반지를 찾는 이벤트가 개최되었다. 당시 하두리♥♥캠사
진으로 1등을 거머쥔 남자 얼짱은 자신의 팬카페에 떡하니 이
반지라는 이름을 걸어두었는데, 지금도 그 얼짱을 검색하면
연관 검색어에 이반지가 뜰 정도다. 그렇게 보니 새삼 2000년
대에 인소의 파급력이 대단했구나 싶다.

요즘은 세상이 좋아져 가상 캐스팅도 영상 편집 프로그램을
쓰는 경우가 많은데, 어쩐지 나는 얼짱 사진에 인소 명대사를
어설프게 합성했던 그때, 그 시절의 촌스러운 감성이 그립다.

♥♥   버디버디, 세이클럽과 어깨를 나란히했던 원조 SNS이자 웹캠 서비스. 컴
퓨터에 캠을 연결해 셀카를 찍으면 왼쪽 상단에 'HADURI'라는 로고가
표시됐다. 특유의 저화질 화면이 특징이라면 특징.

Chapter 9

절대로
흔하지 않은
흔녀들

: 여주인공 클리셰 총집합

Q1. 여주는 말로만 〇〇하다.

A. 평범

    아담한 키, 반짝이는 커다란 눈, 올망졸망한 콧날, 딸기향이 나는 촉촉한 입술, 말로는 평범하다고 하지만 귀염 뽀짝한 이목구비, 말로는 뚱뚱하다고 하지만 49킬로그램. 남주가 맨날 무다리라고 놀리지만 실상 새다리, 학다리를 자랑한다. 공고 양아치들에게 덤빌 수 있는 야무진 주먹과 귀여운 토끼 앞니는 덤. 한마디로 평범녀를 코스프레 중인 초절정 귀요미 꽃미녀.

Q2. 여주는 ○○○○ 하다.

A. 어리버리

인소 여주는 대체로 어리버리하다. 매사에 신중하지 못하고 방방 뛰며 오지랖도 태평양이다. 가만히 있으면 중간이라도 갈 텐데 굳이 용감무쌍한 행동력으로 화를 자처한다. 시험 기간에도 친구와 쏘다니는 통에 성적은 늘 하위권을 맴돈다. 하지만 걱정할 필요는 없다. 인소에서 수능, 입시, 모의고사, 내신과 같은 단어는 금기다. 실제로 주인공이 열심히 공부하는 장면은 소설 전체를 통틀어 한두 번 나올까 말까인데,《개기면 죽는다》의 경우 여주가 공부하는 장면은 단 한 차례도 나오지 않았다.

그럼에도 어리버리 여주가 우리에게 사랑받는 이유는 존재 자체로 너무나 사랑스럽기 때문이다. 비록 성적은 밑바닥일지언정 매사에 긍정적인 이 푼수데기는 지켜보는 것만으로도 즐거움을 선사한다.

Q3. 여주는 남주의 ○○ ○ ○○○○와 매우 닮았다.

A. 죽은 전 여자친구

남주는 불의의 사고로 죽은 첫사랑을 잊지 못한 채 방황하며 살아간다. 그러다 운명처럼 여주를 만나고, 죽은 전 여자친구와 닮은 여주에게 마음이 흔들린다.

백원 작가는 《나쁜 남자가 끌리는 이유》에서, 귀여니 작가는 《아웃싸이더》에서 죽은 전 여자친구 클리셰를 사용했다.

《아웃싸이더》의 남주 강하루는 죽은 전 연인인 박윤영과 여주 한설을 처음부터 같다고 여긴다. 긴 머리를 꼭 하나로 묶게 하거나 못 먹는 해산물을 먹이는 등 한설에게 전 연인의 모습을 강요하지만 끝내 진심으로 한설을 사랑하게 되며 이야기는 파국을 맞는다. 보통 이런 클리셰는 남주의 후회가 짙어 결말이 새드엔딩인 경우가 많다.

Q4. 여주의 가족은 대체로 ○○하다.

A. 평범

여주의 집은 대체로 단란하다. 아빠는 빠듯한 월급쟁이인 경우가 많고 엄마는 대부분 전업주부다. 실질적으로 집안의 권력을 쥐고 있는 사람은 엄마이며, 아빠는 힘없는 가장으로 묘사된다. 엄마는 높은 확률로 교회 집사이며 늘 동네 아줌마들과 모여 계를 한다. 틈만 나면 잔소리를 퍼붓고 장바구니에서 꺼낸 대파나 분홍 소시지로 등짝 스매싱을 날리기도 한다. 어쨌거나 가정사가 복잡한 남주와 달리 여주는 대체로 화목하고 단란한 가정에서 성장한다.

또한 여주에게는 반드시 잘나가는 오빠나 남동생이 존재하는데 그들 역시 일진 무리에 속해 있고 남주와도 안면이 있다.

Q5. 여주, ○○는 없고 ○○은 많다.

<u>A. 눈치, 식탐</u>

'난 아무것도 몰라요 O_O'가 여주의 기본값이다. 그녀는 어벙한 얼굴로 번번이 남주를 애태운다. 남주가 용기 내 고백하려는 순간, 돌연 꾸벅꾸벅 졸거나 술에 취해 절전 모드가 되기도 한다. 서브 남주와 있을 때도 예외는 아닌데 좋아한다며 고백을 해도 "나도 네가 좋아. 넌 세상에서 가장 좋은 친구야 >_<"라며 의도치 않은 고구마를 선사한다.

거기다 식탐은 어찌나 많은지 기본적으로 가리는 음식이 없다. 이때 남주는 입 안 가득 음식을 우물대는 여주의 모습을 흐뭇하게 지켜본다. 또한 상위 0.00001퍼센트만이 소유할 수 있는 플래티넘 카드로 여주에게 코스 요리를 대접하기도 한다. 그러고는 잘 먹는 여주를 그윽하게 응시하며 말한다.

".....꼭 강아지 같네."

Q6. 여주를 싫어하는 사람은 ○○뿐이다.

A. 악녀

여주는 절대 선(善)으로 누구에게나 사랑받는 존재다. 쉴 새 없이 크고 작은 민폐를 끼쳐도 인소 세계관에서 여주를 싫어하는 사람은 존재할 수 없다. 남주도 서브 남주도 여주 바라기다. 오직 악녀만이 여주를 못 잡아먹어 안달이다. 상대적으로 여주보다 모든 것이 나은 악녀는 왜인지 모르겠으나 늘 열등감에 사로잡혀 여주를 이기고 싶어 한다.

Q7. 여주는 선택적 ○○이다.

A. 난청

여주는 선택적 난청을 앓고 있다. 그래서 늘 본인이 원하는 말만 듣는데 문제는 가장 중요한 순간에 남주의 말을 흘려듣는다는 것이다. 예를 들면 이런 식이다.

"……한다고."

"뭐?"

"……랑 한다고."

"뭐어? ㅇ_ㅇ 안 들려."

"씨바, 사랑한다고 마누라!"

혹은 이런 식이다.

"마...."
"응?"
".....지 마..."
"머라구? 안 들려. ㅇ_ㅇ"
"가지 마........."

Q8. 여주는 ㅇㅇ ㅇㅇ의 신이다.

A. 어장 관리

여주는 의도치 않게 서브 남주와 키스를 하게 된다. 절대로
의도하지 않았지만 단둘이 밥도 먹고 영화도 본다. 그러다 나
란히 머리를 맞대고 잠이 들기도 하고 갑자기 그의 차에 실려
오밤중에 정동진까지 가게 되기도 한다. 물론 여주는 그럴 의
도가 전혀 없다. 어쩌다 보니 남주의 앞에서 서브 남주의 편을
들어주게 되고, 진짜 그럴 의도는 없었지만 품에 기대어 흐느
끼는 서브 남주를 안아주고 마는 것이다. 서브 남주가 아프다
면 하는 수 없이 죽을 끓여 먹이고, 밤새 함께 있어 준다. 서브

남주가 너무 힘들어 지쳐 떨어져 나가려 할 때 즈음이면 의도
치 않게 자꾸만 그의 앞에서 알짱댄다.

　만약 서브 남주가 몹쓸 병에 걸려 죽어가는 설정이라면 어쩔
수 없이 하루만 그의 여자 친구가 되어주기도 한다. ……그리
고 이 일련의 모든 상황은 반드시 남주에게 들.킨.다.

Chapter 10

나를
입덕시킨
작가들

: 인소 작가 TMI

 공부를 등지고 인소 쪽으로
위화도 회군

수식어가 필요 없는 Legend of legend : 귀여니

귀여니 작가를 모르는 사람이 있을까. 인소를 보지 않은 사람은 있어도 귀여니라는 필명을 모르는 사람은 없다. 팬카페 보유 회원 수만 100만 명이 넘는 레전드 인소 작가. '귀여니가 인소이고 인소가 곧 귀여니'라는 말에 이견이 없을 정도다. 그만큼 선봉에서 가장 많은 인기를 누렸고 동시에 가장 많은 악플에 시달렸던 작가다.

고등학교 1학년 여름방학 때 처음으로 《그놈은 멋있었다》를 연재하기 시작했는데, 그녀는 글을 쓰기 시작한 이유로 부적응과 외로움을 꼽았다. 전학 간 학교에서 적응하지 못해 혼자 일기를 쓰던 것이 소설의 계기가 되었다. 십 대를 타깃으로 한 것도 작가 본인이 고등학생이었기에 최대한 교내에서 벌어지는 이야기를 쓰고 싶었다고 한다.

꿈이 소설가였던 것도 아니고 그저 재미로 시작한 일이었기에 실제 지인들의 이야기를 소설에 쓰기도 하고, 욕을 쓰는 데도 거리낌이 없었다. 귀여니라는 필명은 남동생이 사귀던 여자친구 닉네임에서 따왔다. 누군가에게 정체를 들킬까 두려워 이윤세라는 본명 대신 필명을 사용했다고. 하지만 그녀의 데뷔작은 공전의 히트를 쳤고, 이후 출판사를 통해 책으로 출간되며 숨기고 싶어 했던 본명은 세상에 널리 알려지게 되었다.

'귀여니 신드롬'이라는 말이 생겨났을 정도로 당시 대중의 관심은 엄청났다. 교보문고에서 열린 사인회에 3천 명이 넘는 인파가 몰릴 정도였으니 말이다. 귀여니 작가는 새로운 장르 시장을 개척한 선두주자이며 히트 메이커였다. '귀사모'라는 거대 팬덤이 그녀를 따라다녔고, 번역한 소설이 중국을 비롯한 각국에서 다시 성공을 거뒀다. 《그놈은 멋있었다》, 〈늑대의 유혹〉, 《도레미파솔라시도》, 《내 남자친구에게》 등이 영화, 연극으로 제작됐고 특히 129만 명의 관객을 동원한 영화 〈늑대의 유혹〉은 강동원과 이청아를 스타덤에 올려놓기도 했다.

하지만 귀여니 작가를 따라다니는 수식어는 부정적인 것들이 더 많았다. 문법 파괴자, 문학계를 망친 주역이라는 비난을 뒤집어쓰기도 했다. 이런 여론의 곱지 않은 시선에도 불구하고 귀여니는 잘 팔리는 작가였다. 십 대의 공감대를 이끌어내는 스토리텔링 능력과 유머러스함, 작가 특유의 민감한 감수성을 나는 부러워했다. 귀여니 작가에게는 사람을 몰입하게 만드는 힘, 대중을 끌어당기는 자력이 있었다. 불치병, 시한부, 이복남매의 사랑 등 다소 흔한 소재를 캐릭터의 힘으로 흡인력 있게 끌고 가는 점이 놀라웠는데, 당시 나이가 십 대 후반에 불과했다는 점을 생각하면 더욱 그렇다.

'그래도 귀여니가 제일 재미있었어.'

한때 귀여니 작가를 비난했던 사람들도 이제는 추억 한 켠에 그녀를 묻어두었다. 나는 여전히 귀여니표 차기작을 어떤 형태로든 다시 보고 싶은 마음이다.

시대를 읽는 선구안 : 백묘

2013년 네이버 웹소설 작가로 전향한 백묘 작가는 현재도 꾸준히 활동 중이다. 그녀는 대학에서 생명과학을 전공하다 우연히 인소 작가의 길로 들어서게 되었다. 로맨스 소설을 쓰지만 정작 본인은 달달한 로맨스 코미디보다 추리 소설, 공포 만화를 좋아한다고. 다음 카페에 연재했던 《사악소녀 교사일기》 시리즈와 《파란만장 이중생활》이 반향을 일으키며 귀여니 독주 체제였던 인소계에 지각 변동을 몰고 온 작가이기도 하다. 《새콤달콤 베이커리》와 《신데렐라와 네 명의 기사》는 각각 2011년, 2016년 드라마로 만들어지기도 했다.

백묘 작가에 대해 이야기하려면 그녀의 성실함, 꾸준함을 논하지 않을 수 없다. 그녀는 데뷔 이후 지금까지 1년에 한 작품 이상은 반드시 집필하고 있다. 본격적으로 글을 배우고 싶어 다시 국문학을 전공하고 이후 심리학까지 공부했다. 팬들과의 소통도 게을리 하지 않는 편이라 개인 블로그에 소소한 일상 글이 자주 올라온다.

백묘 작가의 문체는 쉽고 간결하다. 어려운 말로 빙빙 돌리지 않으며 군더더기 없이 상황을 전달한다. 글을 읽다보면 어느새 눈앞에 장면이 그려지는 듯하다. 허세 부리지 않고 솔직 담백한 성격이 글에서도 고스란히 나타난다.

작가의 또 다른 강점은 선구안이 뛰어나다는 것이다. 대부분의 인소 작가들이 침체기를 겪었던 시기, 백묘 작가는 웹소설 시장에 과감히 뛰어들었고 결과는 대성공이었다. 2013년 웹소설 작가로 전향한 뒤 그녀는 꾸준히 작품 활동을 이어오고 있다. 박 터지는 경쟁작들 사이에서 여전히 큰 사랑을 받고 있는, 영원한 현역 백묘 작가를 응원한다.

나쁜 남자의 매력? 아니 마력 : 백원

백원 작가는 인소의 최전성기를 함께 누린 작가는 아니다. 그녀는 3세대 인소 작가다. 상대적으로 인소의 인기가 주춤할 무렵 《나쁜 남자가 끌리는 이유》를 연재했다. 그러나 아직까지도 소녀들 사이에서 가장 많이 회자되는 작품을 꼽으라면 단연 백원 작가의 '나남끌(《나쁜 남자가 끌리는 이유》의 줄임말)'일 것이다. 그야말로 혜성처럼 나타나 인소계에 한 획을 제대로 그어주셨다. 대표작으로는 《나쁜 남자가 끌리는 이유》, 《잘난 척하는 입술로 내게 키스해》, 《뻔뻔 스토리》 등이 있다. 다른 작가들에 비해 활발한 활동을 펼치지 않았음에도 백원 작가가 팬들의 지지를 받을 수 있었던 이유가 뭘까.

첫째, 캐릭터의 미친 매력 때문이다.

"너 어제 그것도 바람 피운 거랑 똑같은 거다?"

"바람은 무슨."

"나 몰래 옛 여자 만나러 갔잖아!!!"

내 말에 강지한은 한심하다는 듯 그냥 고개를 돌려버린다.

"바람 아니야."

잠시 운전을 하던 녀석이 다시 입을 열었다.

"강지한은 노아린 남자라고 말하러 간 거야."

《나쁜 남자가 끌리는 이유》의 남주 강지한은 전형적인 나쁜 남자지만 다른 인소 남주들과는 결이 달랐다. 뭐랄까. 고등학생에서 찾아볼 수 없는 절제된 섹시미가 있었다. 그래서인지 only 강지한, 얼죽강(얼어 죽어도 강지한)을 외치는 추종자들이 많았다. 강지한은 반항기 가득한 매력으로 소녀 팬들의 마음을 쥐락펴락했다.

-레전드 인소 남주는 누가 뭐래도 강지한 아닌가요?
-'나남끌' 강지한을 보며 울고 웃던 90년대생입니다.
-요즘 내가 파고 있는 그룹인데 얘 강지한 닮지 않았음?
-강지한 같은 남자랑 결혼하면 힘들까요…….

최근까지도 웹 사이트에 이름이 오르내리던 걸 보면 여전히 강지한의 늪 같은 매력에 허우적대는 소녀들이 존재하는 모양이다. 남주에 가려져서 그렇지 여주 노아린의 존재감도 만만치 않았다. 우리가 알던 어리숙한 여주와 달리, 노아린은 다소 영악한 구석이 있었다. 강지한을 향한 자신의 사랑을 적극적으로 표현했고 강지한의 죽은 옛 연인과 닮아 보이도록 본인을 치장하기도 했다. 공부를 잘하지는 못했지만 자신감과 자존감이 높았던 점도 다른 여주들과의 차이점이다. 개성이 남다른 캐릭터, 클리셰를 비껴가는 신선한 전개, 거기다 남주의 치명적인 섹시함까지. 인소 치고 수위가 센 편이고, 일진 미화물이라는 악평에 시달리기도 했지만 그럼에도 이 소설이 레전드 인소로 회자되는 데는 분명한 이유가 있다.

나 역시 백원 작가의 소설을 재탕, 삼탕했던 열렬한 팬임을 밝힌다. 몇 년 전 '나남끌'의 웹툰화가 무산된 이후 이렇다 할 소식이 없어 팬들은 애가 탄다. 여전히 그의 부활을 목 빠지게 기다리고 있는 팬들이 많으니 백원 작가는 속히 활동을 재개해주시길 바란다. (사...사....좋아합니다_-.......)

새드엔딩 서사 맛집 : 가그린

작가의 기량은 결말이 새드엔딩일 때 나온다고들 한다. 가그린 작가는 새드 소설계의 일인자였다. 그녀의 인소는 극심한 후유증을 남겼다. 만약 학교에서 가그린 작가의 소설을 봤다면? 아마 눈이 퉁퉁 부은 채로 수업을 들어야 할지도 모른다.

작가는 다작의 아이콘으로도 유명하다. 대표작으로는 《키스매니아》, 《오리도 날 수 있다》, 《웃지마 정들어》, 《온새미로》, 《혼수상태》, 《위험한 남자》, 《헬리오토로프》, 《심장 배반》 등이 있다. 그중에서도 특히 많은 사랑을 받았던 작품은 《온새미로》와 《혼수상태》다.

새드엔딩을 지향하는 작가답게 주요 인물들이 높은 확률로 죽음을 맞이하는데, 방식은 크게 두 가지다. 여주와 이루어질 수 없는 현실에 아파하며 스스로 목숨을 끊거나 병에 걸려 어쩔 수 없이 세상을 등지는 경우다. 뭐가 됐던 주인공의 비극을 지켜볼 수밖에 없는 소녀들의 가슴은 찢어졌다.

"솔직히 무섭거든. 나"

"사...흐읔....사랑해 형광아..."

"죽는 거 무서운데...앞으로 하고 싶은 것도 많을 텐데...이러는 거 후회할 수도 있는데... 50년은 더 살 수 있는데 죽는 거 억울하기도 한데..."

"나 버리지마, 제발....제발 버..흡...버리지마."

"소중해서..."

"흑...흑...."

"암만 생각해도 김형광한테 온새미로는 전부라서."

"......."

"앞으로 살 50년하고 바꿨어. 내 사랑."

특히 《온새미로》의 남주 김형광은 극단적으로 처절한 서사를 몰빵 당한 캐릭터였다. 사고로 기억을 잃고, 친구 윤여준의 거짓말로 사랑했던 여주까지 빼앗기는 가없은 녀석. 온새미로를 잊는 데 깔끔하게 '백 년'을 걸겠다던 남주 김형광....... 마지막에 살려라도 두시지. 작가는 남주와 여주 그리고 서브 남주까지 깔끔하게 자살로 보내버린다(?). 이쯤 되니 살짝 야속할 지경. (물론 개중에는 행복한 결말을 맞는 작품들도 있다. 개인적으로는 《헬리오토로프》를 추천. 가그린 작가가 그려내는 유쾌하고 참신한 결말을 볼 수 있다)

이럴 거면 차라리 드라마를 쓰세요 : 청몽채화

신들린 필력의 소유자로 인소 연재 당시 광장히 빠르게 팬덤을 형성한 작가다. 장르가 인소로 분류되기는 하지만 작품 대부분은 인소의 뻔한 클리셰를 비켜 간다. 그러니까 인소인 듯 인소 아닌 인소 같은 소설이다. 지금도 유독 청몽채화 소설을 앓는 폐인♥들이 많은데 '작가님 소설 보다가 다른 인소는 너무 유치해서 못 보겠어요ㅜㅜ....'가 그 이유다. 청몽채화 작가는 작품마다 새로운 시도를 하며 본인만의 길을 개척했다.

《관계자 외 출입금지》에서는 '주인공이 십 대여야 한다'는 인소의 공식을 과감히 깨고 이십 대 여주가 등장한다. 《워너비 콤플렉스》에서는 당시 생소했던 초능력자들의 사랑 이야기를 다뤘고, 《나비야 이리 날아오너라》에서는 가상의 연희국을 배

♥ 라떼는 덕후를 폐인이라고 불렀다. "아프냐? 나도 아프다." 2003년도에 대한민국을 강타했던 드라마 〈다모〉의 열혈 시청자들을 폐인이라고 일컬은 데서 유래됐다.

경으로 하는 사극에 도전하기도 했다. 심지어 《작전 코드 미라클》은 주요 인물이 무려 열 명이 넘는다. 가온, 거늘, 마루, 하람, 혜윰, 이든, 고삿, 진솔, 비각, 새라....... 하지만 작가는 챕터마다 인물의 분량을 영리하게 배치해 가독성을 높였다. 결국 클리셰를 따르지 않아도 인소 작가로서 성공할 수 있음을 스스로 증명해보인 셈이다.

　개인적으로 청몽채화 작가의 소설은 모두 흥미롭게 읽었지만 그중에서도 《워너비 콤플렉스》와 《세기말적 키워드》를 추천한다. 홍일점 여주에, 여주를 지키는 멋진 남자가 최소 3명 이상 등장한다. 크으. 하나도 둘도 아닌 셋이라니. (작가님은 어찌 이리 소녀들의 마음을 잘 아시는 겁니까) 이래서 아직까지 수많은 폐인들이 청몽채화의 늪에 빠져 헤어 나오지 못하는 게 아닐까-0-.

묵직한 한 방이 있는 작가 : 리얼겨니

　리얼겨니 작가는 다른 작가들과 교류를 하지 않던 내가 개인적으로 친분을 유지했던 작가다. 귀엽고 사랑스러운 외모와 달리 그녀는 주로 무게감 있는 소설을 집필했다. 대표작으로는 《죽을 만큼 사랑했어요》, 《롤러코스터》, 《남자는 하늘이다》 등이 있다. 아무래도 필명의 유사성 때문인지 제2의 귀여니라는 수식어가 늘 따라다녔는데 사실 귀여니 작가와는 톤 자체가 달랐고, 나중에는 제2의 누군가 아닌 리얼겨니로서 많은 사랑을 받았다.

초반에는 《한 살 연하 전국 서열 1위 유혹하기》나 《5대 VIP가 한꺼번에 작업을 걸어온다면》처럼 십 대들에게 어필할 수 있는 작품을 집필했다면 나중에는 진중하고 주제 의식이 명확한 작품을 주로 썼다.

특히 차기작 《롤러코스터》는 이제껏 인소에서 볼 수 없었던 집착과 소유욕의 끝.판.왕.이 등장한다. 남주 민유환은 스스로를 거리낌 없이 실패작, 불순물이라 칭하는 인물이다. 그는 자신과 비슷한 상처를 가진 여주에게 의도적으로 접근한다. 이후 시종일관 무겁고 피폐한 내용이 이어지는데 남주는 끈질기게 여주를 괴롭히고 유린한다. 특히 롤러코스터에서 뛰어내려 생을 마감하는 주인공들의 마지막 모습은 내게 아직까지 충격으로 남아 있다. 죽기 전 남주가 여주에게 남긴 한마디는 "정지원 사랑해"가 아니라 "정지원 지옥에서 만나자"였다, 와우.......-0-!

논란의 소지가 있는 캐릭터를 매력적으로 그려낸 리얼겨니 작가에게 박수를 쳐주고 싶다. 소심한 나와 달리 극 전반에서 자신의 정체성을 밀고 나가는 작가의 강단이 진정으로 부럽다.

인소를 가장한 한 편의 시 : 동경바라기

동경바라기 작가는 가그린의 뒤를 잇는 새드엔딩 소설의 신흥 강자였는데, 그녀의 출발은 조금 특이하다. '유머 나라'나 '인소닷'에서 활동을 시작했던 다른 작가들과 달리 그녀가 연재를 시작한 플랫폼은 다름 아닌 내 팬카페였다. 동경바라기라는 필명 또한 내 인소였던 《반하다》의 서브 남주 이름에서 따온 것인데, 멀리서 그녀를 응원하는 한 명의 추종자로서 내게는 정말 영광스러운 일이 아닐 수 없다.

15세의 이른 나이에 작가로 데뷔한 그녀는 인소의 전성기와 쇠퇴기를 모두 겪은 산증인이기도 하다. 인소의 인기가 시들해지고 많은 작가들이 절필 선언을 했을 때도 묵묵히 자신의 팬카페에서 활동을 이어왔다.

스스로를 '남들보다 더딘 보통의 게으름뱅이'라고 소개하지만 누구보다 꾸준히 작품 활동을 해왔다. 대표작으로는 《비밀정원》, 《낭만적 이상향》, 《루시퍼의 변명》, 《악어의 눈물》, 《터닝 포인트》가 있다.

일진물이 강세를 이루던 인소 시장에서 동경바라기 작가는 특유의 서정적인 문체와 섬세한 심리 묘사로 탄탄한 마니아층을 확보했다. 치밀하게 짜인 복선과 성실한 떡밥 회수도 작가만의 특색이다. 현재는 동경바라기라는 필명을 쓰지 않지만 여전히 작품 활동을 하고 있다.(작가의 감성적인 필체를 좋아했던 소녀들은 지금 당장 '이노'를 검색해보시오-0-!)

Chapter 11

한 번도 안 본 소녀는 있어도 한 번만 본 소녀는 없다

: 인소의 흥망성쇠

바야흐로 2003년, 귀여니 작가의 《그놈은 멋있었다》가 출간과 동시에 베스트셀러에 오르는 기염을 토했다. 작가들은 너도나도 출판사와 손을 잡고 책을 출간했다. 나는 이때를 감히 인소의 황금기라 칭하겠다. 학교 도서실에 비치된 인터넷 소설집들은 하도 손때를 타서 하나같이 들뜨고 찢어져 있었고, 책을 빌려보려는 학생들로 도서실은 늘 붐볐다. 급식실에 줄을 선 여학생들은 짠 것처럼 겨드랑이에 인소를 끼고 있었고, 어딜 가나 정태성, 신은규, 이반지 등 인소 남주들의 이름이 들려왔다. 마치 그들이 실존 인물이기라도 한 것처럼!

　그 무렵 나는 하루 평균 5~6곳의 출판사에서 출간 제안 메일을 받았다. 몇몇 출판사는 지방에 사는 나를 만나려 직접 기차를 타고 내려오기도 했다. 관계자들로부터 "선생님, 그럼 잘 좀 부탁드리겠습니다"라는 인사를 받았을 때, 내 나이는 고작 열일곱 살이었다. 그들에게 나는 늘 선생님으로 불렸고 내 앞에는 수없이 많은 출간 계약서가 들이밀어졌다. 그때의 기분은 뭐랄까. 하루아침에 신데렐라가 된 것 같기도 하고 갑자기 몸값이 천정부지로 치솟은 황금 거위가 된 기분이었다.

당시 내가 인소 작가라는 사실은 친구도, 가족도, 며느리도 모르는 극비였다. 나는 애초에 내가 왕기대라는 사실을 알릴 생각이 없었다. 책을 출간하더라도 어차피 필명을 사용할 테니 끝까지 숨길 수 있을 줄 알았다.

"너 왕기대 소설 봤어? 한 번 볼래? 열라 재밌어."

하지만 난관은 예상치 못한 곳에 있었다. 가장 친한 친구가 내게 왕기대 소설을 추천해준 것이다.(왕기대한테 왕기대 소설을 영업한 것이다) 그때 처음으로 내 인지도를 실감했다. 반 친구들 중에 나를 모르는 애가 없었고, 다들 내 앞에서 남주를 언급하며 설레어 하기도 하고, 쉬는 시간에는 다 같이 소설을 돌려 보기도 했다.

그때의 심정은 참으로 복잡했다. 만약 여기서 사실을 말하지 않으면······그것은 친구들에 대한 기만이라는 생각이 들었다. 결국 얼마 못 가 친구에게 내가 왕기대라는 사실을 실토했다. 그리고 소문은 생각보다 삽시간에 퍼져나갔다. 친구와 매점에 가거나 화장실에 갈 때 혹은 운동장 조회 시간에 평소 느끼지 못했던 따가운 시선들이 나를 따라다녔다.

어느 날은 다른 학교 언니들이 반으로 우르르 찾아온 적이 있었다. 너무 당황한 나머지 고개조차 들 수 없었는데 그때 언니들이 노트를 앞다투어 내밀었다.

"사인 좀."

"네? 아. 넵......!"

학생이던 내게 사인 같은 게 있을 리 만무했지만, 부들부들 떨리는 손으로 왕기대 석 자를 정직하게 적어 건넸다. 언니들은 어리숙한 내가 마음에 들었는지, 앞으로 누가 괴롭히면 자신들을 찾아오라며 어깨를 두드려주었다. 그 후에도 몇 차례 비슷한 일이 반복됐다. 시간이 지나자 이제 반 친구들은 나를 보기 위해 복도 창문에 다닥다닥 붙어 있는 학생들을 보고도 더는 놀라지 않았다.

끝날 줄 모르는 인소 열풍에 나는 덩달아 바빠졌다. 방송 출연도 모자라 주말에는 잡지 인터뷰까지 불려 다녔다. 집으로 소녀들의 팬레터가 쏟아졌고 《개기면 죽는다》가 높은 판매고를 올리며 사인회까지 하게 되었다. 전날 급조해 만든 사인을 허공에 그려보며 교보문고에 들어섰을 때, 예상보다 길게 선 줄을 보고 완전히 얼어버렸다. 옆에 서 있는 경호원들과 현장의 어수선한 분위기, 길게 줄지어 서서 날 바라보던 소녀들. 그

반짝반짝한 눈빛들...... 아직도 그날이 얼마 전 일처럼 눈앞에 선연하다. 손목이 저릴 정도로 사인을 해대는 동안 내 옆자리에는 소녀들이 쌈짓돈을 모아 산 선물들이 차곡차곡 쌓여갔다. 그때 받은 팬시 귀걸이며 편지, 인형들을 나는 아직도 간직하고 있다.

그리고 다음 해, 두 번째 소설인 《반하다》를 출간했다. 중국에서도 판권 제의가 와 《개기면 죽는다》와 《반하다》를 수출하기도 했다. 그즈음에는 가족들이 나를 대하는 태도도 조심스러워졌다. 내가 글을 쓸 때면 아버지는 행여 방해가 될까 텔레비전을 끄고 방으로 들어가셨다.

한번은 한 방송사에서 주최한 인터넷 소설 공모전에 참가한 적이 있었는데, 이틀 만에 참가를 철회해달라는 주최 측의 전화가 걸려왔다. 내 팬덤이 너무 커서 심사가 공정하게 이루어질 것 같지 않다는 것이 이유였다. 한동안 공모전 게시판이 내 팬들의 글로 들끓었다는 사실은 나중에서야 알게 되었다. 그렇게 너무나도 과분한 사랑을 받았다. 마치 구름 위에 올라가 있는 기분이었다. 아무리 발을 뻗어도 발이 땅에 닿질 않았다. 그 정도로 현실감이 없었다.

사실 이제 와 배부른 소리지만 그때 마냥 행복하지만은 않았던 것 같다.

과하게 날 치켜세우는 출판사와 친구들, 팬들, 가족들......

애초에 대가를 바라고 시작한 일이 아니었기에 글이 유명해질수록 말로 설명할 수 없는 공포심에 사로잡혔다. 정작 한 일에 비해 너무 많은 것들을 얻게 되어 막연한 부담감을 느꼈던 것 같다. 그게 아니라면 조만간 내게 닥쳐올 시련을 은연중에 예감했던 것인지도 모르겠다. 아무튼 그 무렵의 나는 몸도 마음도 점차 지쳐가고 있었다.

악플과의 전쟁! 사실은 슬럼프와의 전쟁

모두가 아는 것처럼 당시 과열된 인소 열풍을 바라보는 시각은 호의적이지 않았다. 무분별하게 출간되는 문법 파괴형 소설과 미숙한 십대 작가들에 대한 비난이 거셌다. 인소가 비난받았던 이유는 크게 두 가지였다. 첫째, 이모티콘이 산재된 통신 어체 소설에 대한 거부감. 둘째, 작가들의 기본기 부재였다. 특히 맞춤법 오류에 대한 지적이 줄을 이었다. 참 황당한 얘기다. 맞춤법을 지키지 못하는 작가라니. 돌이켜 생각하니 그 시절 우리에게 작가라는 이름은 사실 좀 과분했는지도 모르겠다.

"신류혈. 잠깐 나랑 예기 좀 하자ㅠ_ㅠ."

"-_-^ 너랑 할 예기 업는데."

"내가 잘못했써ㅠ^ㅠ 뿌ㅇㅔ엥 ㅠ^ㅠ 뿌에에엥."

"ㅎㅏ...그니까 누가 딴 새끼랑 시시덕거리래? 어의없네=_=^"

예를 들면 이런 것이다. 당시 얘기를 '예기'로 어이를 '어의'
로 쓰는 작가들이 많았는데, 실제로 몇몇 초등학교에서는 학
생들에게 갈 악영향을 우려해 인소를 금지 도서로 채택했다.

어쩌면 당연한 수순이었을까. 인소 작가들에게 도를 넘는 악
플이 쏟아지기 시작했다. 나는 기본적인 소양조차 지키지 못
한 내 글이 부끄러웠고, 대중의 비난이 당연하다고 여겼다. 정
당한 비판은 도리어 나를 성장하게 할 자양분이 될 거라고 믿
었다. 하지만 쏟아지는 악플 세례에 내가 얼마나 유약한 사람
인지만 깨닫게 되었다. 수백, 수천 개의 욕설과 음담패설을 오
롯이 혼자서 감당하기에 인소 작가 왕기대는 너무 어렸다.

- 왕기대? 우리 집 개새끼 이름이냐?ㅋㅋㅋㅋ

- 공기도 아깝다~ 걍 나가 뒤져라~

- 이런 X들이 쓰는 책은 불쏘시개로 활용해야지.

- 작가도 같이 화형시켜 버리죠~

오래전에 내가 받았던 악플의 일부다. 이제 서른 중반의 어
엿한 어른이 되었지만, 지금 봐도 얼굴이 홧홧하고 가슴이 두
근거린다. 누군가에게 미움받는 일은 나이를 먹어도 영 익숙해

지지 않는다. 당시 내게 쏟아졌던 악플 중에 가장 상처가 되었던 것은 '개기면 죽는다? 그건 개가 기어 다니다 배가 터져 죽는다는 내용이냐?'였다. 가까스로 마음을 다잡다가 결국 그 악플에 무너졌다. 이불 속에서 몇 시간을 엉엉 울었는지 모른다.

게다가 안 좋은 일은 왜 늘 한꺼번에 오는지. 엎친 데 덮친 격으로 학교생활까지 엉망이 되었다. 친하다고 생각했던 친구가 대놓고 피하기 시작했다. 인터넷에서 인기 좀 있다고 내가 거만해졌다는 것이다. 아무리 생각해도 그런 적이 없는데. 오히려 사람들이 알아볼 때마다 아무도 없는 곳으로 숨고 싶었는데.

어느 날은 수업을 듣다가 갑자기 교탁 앞으로 불려 나갔다. 평소 내가 인소 작가라는 것을 탐탁지 않게 생각하셨던 문학 선생님의 시간이었다. 선생님은 수업 중에 휴대폰을 꺼내 시간을 봤다는 이유로 무섭게 화를 내셨다. 불량식품 같은 글을 쓰는 주제에 유세를 떤다며 모두의 앞에서 '저는 인간 말종입니다'라는 말을 큰소리로 세 차례 복창하게 하셨다. 나중에 따로 불러 그 일에 대해 사과하셨지만 아직까지도 지워지지 않는 기억이다. 그 무렵에 나는 어디로든 도망치고 싶었다. 하지만 완전히 몸을 숨길 곳은 어디에도 없었고, 결국 사춘기 소녀에게 지독한 슬럼프가 찾아오고 말았다.

아무렇지 않은 척 학교에서 웃고 떠들다가도 막상 집에 와 글을 쓰려고 컴퓨터 앞에 앉으면 그때부터 식은땀이 났다. 손이 축축해지고 팬카페를 들여다보는 일이 버겁게 느껴졌다. 악플을 확인하는 일이 죽기보다 두려웠다.

결국 그대로 잠수를 탔고 당시 연재하던 《반하다》는 한 달이 넘도록 방치되었다. 그러자 팬들 사이에서 분열이 일어나기 시작했다. 이해해 주어야 한다는 쪽과 해도 해도 너무하다는 쪽의 대립이었다. 거기에 유입된 악플러들까지 가세해 팬카페는 전쟁터가 되었다. '기대 언니 힘내세요!' 하고 나를 옹호하는 팬들을 '니순이'라고 부르며 조롱하는 집단까지 생겨났다.

사람들은 이 사태를 몰고 온 내게 사과문을 요구했고, 덜컥 겁이 나서 한밤중에 사과문을 작성해 팬카페에 올렸다. 그러자 사과문이 성의가 없어 마음에 들지 않는다는 말이 돌아왔다. 나는 전전긍긍하며 좀 더 신중히 작성한 사과문을 재차 올렸다. 하지만 두 번째 사과문도 금세 퇴짜를 맞았다. 이번에도 사과문에서 진정성이 느껴지지 않는다는 것이 이유였다. 애초에 사과할 짓을 왜 하느냐는 글들이 하나둘 게시판을 채우기 시작했고 그것들을 보자 맥이 풀렸다. 끊임없이 사과하고 뭔가를 해명해야 하는 일에 완전히 지쳐버렸다. 내가 왜 이러고 있어야 하나 싶었다.

그렇게 방황을 거듭하던 어느 날, 가족 행사에서 뜻밖의 말을 들었다.

"쓰기 싫으면 더는 쓰지 않아도 된다."

평소 무뚝뚝하게만 느껴졌던 작은아버지의 한마디에 어안이 벙벙해졌다. 자신도 젊었을 때는 작가가 되는 게 꿈이었다고 말씀하시며 원치 않으면 언제든지 그만둬도 괜찮다고 어깨를 토닥여주셨다. 나는 작은아버지 댁에서 본 낡은 책장과 켜켜이 쌓여 있던 고전문학 책들을 떠올렸다. '쓰기 싫으면 쓰지 않아도 된다고?' 대수롭지 않게 건네진 그 말에 위안을 얻었다.

그 후 몇 달 동안은 팬카페에 들어가지 않았다. 소설도 더는 올리지 않았다. 휴식이 필요했다. 당연히 팬카페는 난리가 났다. 작가가 교통사고가 났다는 둥, 백혈병에 걸려 글을 쓰지 못한다는 둥 황당한 루머가 돌았다. 하지만 아무래도 좋았다. 나는 나만의 동굴로 들어가 팍팍했던 몸을 뉘이고 긴 겨울잠을 잤다.

안녕은 영원한 헤어짐은 아니겠지요

이후 다른 성장 드라마의 주인공처럼 멋지게 슬럼프를 극복하고 복귀에 성공했더라면 좋았겠지만 그렇지 못했다. 차기작 《김낭만 죽이기》는 끝내 부담감을 이기지 못해 연재를 중단했고, 그 후 《죽으러 가는 길에 잠깐 들렀습니다》와 《60억분의 최멜로》를 비롯해 몇 작품을 더 썼지만 전처럼 뜨거운 반응을 얻지는 못했다. 그리고 그즈음 자연스레 인소의 쇠퇴기가 찾아왔다.

　양산형 판타지 소설이 판을 치던 인소 업계는 이미 포화 상
태였다. 복사, 붙여 넣기 한 듯 똑같은 주인공과 무분별한 클리
셰의 남발에 소녀들은 피로감을 호소했다. 인소를 장르 문학
으로 정립하고 그 명맥을 이어가기에는 명백한 한계가 있었
다. 급하게 붙은 불이 쉽게 꺼지듯 2000년대 후반을 기점으로
인소에 뜨거웠던 관심은 급격히 사그라들었다.

　나 역시 인소 작가로서의 삶은 접어두고 열심히 현생을 살았
다. 아마 다른 작가들도 비슷한 선택을 했을 것이다. 지금은 웹
소설 작가들도 책정된 고료를 받고 글을 쓰지만 당시 인소 작
가들은 고정 수입이랄 게 없었다. 그저 자기만족과 팬들을 위
해 글을 썼다.

　인소가 사장된 건 어쩌면 자연스러운 수순이었는지도 모른
다. 인소는 2000년대 이후 급변하는 세태를 따라가지 못했다.

　"씨발, 사랑한다 마누라!"

　우리를 설레게 했던 남주들은 돌이켜보면 허우대만 멀쩡한
똥차 오브 똥차였다. 여주를 벽으로 거세게 밀어 붙여 강제로
입을 맞추거나 싫다는 데도 거칠게 손목을 잡아끈다거나 하는
장면은 더 이상 매력적으로 다가오지 않는다. 상대의 동의 없
이 가해지는 애정 표현은 폭력이며 잡혀가지나 않으면 다행인
것이다. 한마디로 인소는 도태되었다. 만약 지금 인소가 다시

부활한다면 어떨까. 아마도 젠더 의식이 결여된 여혐 소설의
끝판왕으로 또 한 번 논란의 중심에 서게 되지 않을까.

Chapter 12

레전드
인소 작가들의
근황 올림픽

: 그리고 남은 이야기

- 인소 팬 희소식 -

왕기대 작가 드디어 인소로 컴백

당신도 아름다워질 수 있고 아름다움에 만족!

그 많던 인소 작가들은 다 어디로 갔을까

2018년, 간간이 미니홈피로만 근황을 전하던 **귀여니** 작가의 결혼 소식이 들려왔다. 백년가약을 맺고 태국으로 신혼여행을 떠났다는 기사였는데 소식을 접하고 나도 모르게 코끝이 찡했다.

오래전 《개기면 죽는다》를 연재하던 때의 일이다. 귀여니 작가에게서 한 통의 메일이 날아왔다. 새로 개설한 자신의 팬 사이트에서 인소를 연재해 달라는 제안이었다. 나는 흔쾌히 수락했고 그 후 귀여니 작가와 종종 메일을 주고받는 사이가 되었다. 다른 소녀들도 마찬가지였겠지만 당시 내게 귀여니는 우상이었다. 별것 아닌 안부 메일에도 가슴이 콩닥콩닥 뛰었던 기억이 난다. 시간이 지나며 자연스럽게 연락이 끊어졌지만 인소의 전성기를 함께했다는 동질감 때문일까. 나는 여전히 귀여니 작가를 인간적으로 좋아한다. 그렇기에 팬으로서 또 동지로서 귀여니 작가의 컴백을 절실히 바라는 바다.

백묘 작가는 '성실의 아이콘'답게 여전히 활발한 활동을 이어가고 있다. 최근에도 네이버 웹소설에서 열한 번째 작품인 《고결하고 천박한 그대에게》를 연재했다. 작가는 로맨스 판타지와 로맨스 장르를 넘나들며 팬들에게 여전히 큰 사랑을 받고 있다. 2020년에는 CU와 콜라보한 인소 《7942》를 발표하기도 했다. 편의점을 배경으로 한 삼각관계 로맨스인 《7942》는 몽글몽글한 2000년대 감성이 짙은 작품이다. 백묘 작가가 그리웠던 소녀들은 한 번쯤 읽어보는 것을 추천한다.

청몽채화 작가는 시간이 꽤 흘렀음에도 여전히 굳건한 팬덤을 유지하는 작가 중 한 명이다. 네이버 웹소설에서 2013년 《불여귀》, 2016년 《운정궁 야사》를 연재했으며 현재는 빈카라는 필명으로 블로그와 공식 카페에서 활동하고 있다.

현대물이 강세였던 인소 시장에서 판타지 로맨스 《검은 머리 황녀님》으로 주목을 받았던 **엘리아냥** 작가는 지금도 로맨스 판타지 작가로 활약하고 있다. 대표작으로는 《악당의 누나는 오늘도 고통받고》, 《구경하는 들러리양》, 《달려라 메일》이 있으며 카카오 페이지와 네이버 시리즈에서 작가의 작품과 웹툰까지 만나볼 수 있다.

짜임새 있는 이야기로 큰 사랑을 받았던 **어둠속양초** 작가
는 2015년 네이버 정식 연재란에서 웹소설 《맛 좀 보시겠습니
까》를 연재했다. 현재는 이채영이라는 이름으로 활동하고 있
으며, 소설 《그 남자의 계략》이 웹툰으로 나오기도 했다. 그 외
《오래된 비밀》, 《공작님을 거절합니다》, 《별이 오다》, 《통제 불
능》 등 다수의 작품을 연재했다.

동경바라기 작가 역시 이노라는 필명으로 활발한 활동을 이
어가고 있다. 대표작으로는 《먹이사슬》, 《불가항력 연애담》,
《사랑, 하고 있어》, 《나의 적이 달콤할 때》 등이 있다. 한층 성
숙해진 동경바라기 작가의 작품은 카카오 페이지를 통해 만나
볼 수 있다.

가그린 작가의 경우 현재 인소 작가로 활동은 하지 않고 있
다. 사실 가그린 작가와 나는 조금 특별한 인연이 있다. 오래전
출판사의 소개로 인소 작가들이 한자리에 모인 적이 있는데,
첫인사를 나누는 자리에서 백묘 작가 옆에 앉아 있는 낯익은
얼굴을 발견하고 경악했다.

"너?!"

"언니, 미안...... 사실은 내가 가그린이야......."

매일 뜬눈으로 함께 밤샘 작업을 했던 대학 동기가 실은 레
전드 인소 작가였다는 사실을 그날 알게 되었다. 당시 내가 인

소 작가 출신이라는 것은 과내에 야금야금 알려져 있었는데, 알고 보니 진짜는 따로 있었다.

비극적인 결말을 선호하는 새드 소설의 끝판왕이지만 실제 가그린 작가는 사이다처럼 톡톡 튀는 매력의 소유자다. 쾌활한 성격 덕에 항상 인기가 많은 친구였는데, 한동안 통 소식을 모르다가 오랜만에 연락해 네 이야기를 써도 되겠느냐고 물었더니 "그럼~ 얼마든지 써! 이젠 다 추억이다~ 추억!"이라며 호탕하게 웃었다. 현재 가그린은 방송 작가로 활동하고 있으며 로맨스 소설로 다시 돌아올 가능성에 대해 묻자 긍정적으로 생각 중이라는 답변이 돌아왔다. 가그린 작가를 기다렸던 팬들에게는 무척 기분 좋은 소식이 아닐까 싶다.

근래에 네이버 웹소설에서 주관한 작가의 밤 행사에 참여한 적이 있다. 그곳에서 나는 인소 작가 출신의 동료들을 굉장히 많이 만났다. 필명은 달라졌을지언정 그들은 여전히 팬들의 사랑을 받으며 현역으로 활동하고 있다. 더는 인소를 쓰지 않더라도 나와 같은 추억을 공유한 그들이 부디 작가로서 꽃길만 걷기를 바란다.

아듀 2002!

끝으로 왕기대의 이야기를 해볼까 한다. 긴 슬럼프 후 나는 더 이상 인소를 쓰지 않았다. 전공을 살려 드라마 기획이나 영화 시나리오 작가로 활동하기도 했지만, 결혼과 동시에 찾아온 새 생명 덕분에 갑자기 세상에서 가장 행복한 백수가 되었다. 뱃속의 아기가 커갈수록 글을 쓰고 싶은 욕구도 함께 자라났는데, 드라마 극본이나 영화 시나리오도 좋지만 로맨스 소설을 쓰고 싶었다. 누군가의 개입 없이 나의 색깔을 온전히 보여줄 수 있기를 바라며 열심히 썼다. 그때 자연스럽게 태교가 되었는지 아니면 유전인지 올해 여덟 살이 된 아들은 어딘가 인소 남주 같은 면이 있다. 내 얼굴을 빤히 쳐다보다가 갑자기 뺨을 쓸어주며 "엄마. 늙지 마"라고 얘기하는데 그럴 때마다 이게 바로 조기교육의 힘인가 싶다.

어쨌든 뱃속에 아기를 품고 밤낮없이 작업한 나의 첫 웹소설 《그 남자 밥해주기》는 몇 달 후 네이버 편집부 심사를 거쳐 정식 연재 계약을 맺게 되었다. 그때까지만 해도 나는 내가 작가로서 무난한 복귀를 할 수 있으리라 믿어 의심치 않았다. 인소에서 웹소설로 전향하는 것에 대한 거부감도 없었다.(아는 게 없으니 무서울 것도 없었다) 왕기대라는 필명을 그대로 유지한 것도 웹소설에 대한 무지에서 비롯되었다. 웹소설과 인소가 별반 다르지 않은 장르라고 생각했다.

고대하던 첫 연재 날, 나는 아이를 출산하고 산후조리원에 들어가 있었다. 오전 10시 30분, 《그 남자 밥해주기》 첫 화가 게시판에 올라왔고, 담당자로부터 단기간에 조회수 10만을 달성했다는 연락을 받았다. 하지만 기쁨도 잠시 댓글 창은 곧 악플로 도배되었다. 평점 테러는 기본이었고 많은 사람들이 '인소 같다'는 평을 내놨다. 덕분에 나는 조리원에서 아기를 돌보기는커녕 내 멘탈을 부여잡는데 더 애를 썼다. 그렇게 나의 첫 번째 웹소설은 아슬아슬, 그야말로 망하기 일보 직전이었다.

이후 여러 안 좋은 일이 맞물리고 산후 우울증까지 더해진 상황이었지만 집필을 멈출 수는 없었다.나중에는 등장인물의 이름조차 기억나지 않을 정도로 혼미한 상태에서 글을 썼다. 펑크를 막기 위해 심리 치료를 병행하면서 울며 겨자 먹기로 컴퓨터 앞에 앉았다. 지독한 젖몸살에 가슴은 찌릿찌릿 아파오고 우는 아기를 안은 채 꾸역꾸역 노트북 키보드를 두드리던 때를 생각하면 지금도 아찔하다. 만약 그때 남편이 곁에서 물심양면으로 도와주지 않았더라면 정말로 다시는 글을 쓰지 못했을 것이다.

지금은 다 지나간 이야기이니 웃으며 털어놓을 수 있지만, 작가로서 몸과 마음이 만신창이었던 시기는 그때가 유일했다. 이후로도 위기가 몇 번은 더 찾아왔지만 다행히 담당자의 배려로 《그 남자 밥해주기》를 무사히 완결할 수 있었다. 그러고 나는 꼬박 1년을 쉬었다. 쉬면서는 작가가 아닌 엄마로서의 삶을 받아들이려고 노력했다. 항간에 육아는 세상에서 가장 어여쁜 천사를 지옥에서 마주친 것이라는 말이 있는데, 나는 기어이 아기를 등에 업고 지옥에서 살아남았다. 그때는 지옥 불구덩이에서 반신욕을 하라고 해도 할 수 있을 것만 같았다.

그로부터 1년 뒤에는 두 번째 웹소설 《선남친 후연애》를 연재하게 되었다. 장르는 캠퍼스 로맨스로 웹소설에서는 다소 마이너한 소재지만 어차피 쪽박을 찰 거라면 쓰고 싶은 걸 써보자는 심정으로 시작했다. 하지만 웬걸. 반응이 나쁘지 않았다. 지독하게 따라다니던 악플도 전작과 비교하면 훨씬 나은 수준이었다. 주변의 우려와 달리 큰 고비 없이 집필을 마무리했다. 물론 전작과 비교했을 때 선방한 것이지 인소 작가 꼬리표는 여전히 따라다녔다. 글이 '인소스럽다'는 평가를 처음에는 인정하고 싶지 않았다. '만약 내가 왕기대라는 필명을 사용하지 않았다면 그래도 인소스럽다는 말이 나왔겠어?'라는 오기가 발동했다. 하지만 이제 와 돌이켜 생각하니 독자들의 눈은 정확했다.

우연이 남발하는 인소식 전개, 지나치게 해맑고 눈치 없는 여주, 겉멋만 잔뜩 든 남주까지. 한마디로 대환장의 콜라보였다. 인소식 전개는 인소에서나 허용되는 거였다. 시대가 변한 만큼 어리버리하고 무능력한 여주보다 할 말은 하는 사이다 여주가 대세였다. 독자들은 우연을 남발하는 중구난방 스토리보다 짜임새 있는 서사와 반전을 원했다. 특히 남주의 폭력적인 언행은 절대 금기였다. 실제로 남주가 여주에게 '벽치기 키스'를 시도하는 장면을 썼다가 담당자로부터 폭풍 잔소리를 들어야 했다. 결국 야심차게 준비했던 세 번째 소설 《어느 날 남친을 분실했다》도 부진한 성적으로 마무리한 후, 인소와 웹소설의 극명한 차이를 인정할 수밖에 없었다. 한마디로 성공적인 복귀에 실패한 셈인데 그럼에도 절필하지 않은 것을 보면 여전히 작가라는 직업에 목이 마른 모양이다.

하긴 말도 많고 탈도 많았지만, 열여섯 살 때부터 지금까지 쭉 글을 써왔다. 운명이라기에는 다소 거창하지만 만약 사람에게 정해진 길이 있다면 내가 선택한 이 길을 오래도록 걸어가 보고 싶다.

나는 현재 또 다른 작품을 준비하고 있다. 인소 작가였을 때처럼 절대적으로 나를 지지해주던 팬덤도 없고, 여전히 인신공격성 댓글을 받기도 하지만 요즘 들어 비로소 글을 쓰는 일이 좋아졌다. 우스운 이야기이다. 20년 동안 글을 써왔는데 이제야 이 일이 즐거워지다니.

가끔은 이런 생각도 든다. 20년 전의 왕기대는 글을 쓰며 행복했을까. 아무 대가를 바라지 않던, 어리고 순수했던 그때의 나에게 말해주고 싶다. '겁먹지 말고 앞으로 나아가라고. 기나긴 슬럼프로 너무 아파하지 말라고. 삶의 정체 구간이라 여겼지만 실은 작가로서 스스로를 정제하는 것일 뿐이라고.'

얼마 전, 아주 오랜만에 발길을 끊었던 팬카페에 들어가 보았다. 수년 만에 방문한 홈그라운드는 여전히 그대로였다.

'왕기대님 봐주시오. 소설 너무 재미있다오-_-'

'기대님 감상밥 왔어요~~^^!'

20만 명에 달했던 회원 수는 이제 5만 명에 불과하고, 그마저도 거의 유령 회원이지만 오랜만에 한껏 추억을 끌어올리며 잠시나마 추억에 잠겨 행복했다. 이제는 이 기억을 추억 삼아 앞으로 나아가야겠지. 엄마이자 작가로서 또 씩씩하게 내일을 살아내야지.

Chapter 13

주변 인물
총정리

: 여주의 절친은 왜 항상 정보통 역할을
자처하는가

여주의 절친

여주는 친한 친구가 대개 한 명이다. 그들은 공통적으로 시끄럽고 말이 많다. 독자에게 시시각각 정보를 제공하는 소식통 역할을 해야 하기 때문이다. 여주는 절대 모르는 상고 일진들의 프로필을 줄줄이 꿰고 있으며 남주의 신상에 대해서는 모르는 것이 없다. 이들은 남주의 친구 중 가장 귀엽고 촐랑대는 녀석과 사귀게 될 확률이 높은데 반응이 좋을 시 작가는 이 두 사람의 러브 스토리를 번외로 만들기도 한다.

4대 천왕

남주가 몰고 다니는 패거리를 일컫는 말이다. 그렇다면 4대 천왕의 멤버는 어떤 식으로 구성이 되는가. 우리는 이모티콘을 통해 정확히 그들을 구분할 수 있다.

-_-^: 남자 주인공
>_<: 멤버 중 가장 촐랑대는 인물.
^-^: 친절하고 다정하며 속내를 알 수 없음.
-_-: 키가 제일 크고 말수 없으며 무뚝뚝함.

대체로 남주의 친구들은 머리 색이 다 제각각인데 개학에 맞춰 우르르 미용실에 염색을 하러 가는 장면이 도입부에 자주 등장한다.(미용실에서 여주가 남주와 맞닥뜨릴 확률 100퍼센트) 멤버 중 머리를 샛노랗게 염색한 녀석이 있다면, 걔가 4대 천왕에서 귀요미를 맡고 있을 확률이 높다. 여주는 이 귀요미를 기억하기 쉬운 애칭으로 부른다. 이를 테면《개 기면 죽는다》의 조운하는 이름 대신 노란 대가리로 불렸고,《그놈은 멋있었다》의 김승표는 촐랭이, 1년 365일 춘추복만 입고 다니는《반하다》의 송진남은 추복이,《늑대의 유혹》의 유원은 이름 대신 풍차 개미로 불렸다. 이렇게 우스꽝스러운 애칭을 하사받은 멤버는 언제나 소녀들의 귀여움을 독차지했다.

4대 천왕 무리에서 혼자만 유독 결이 다른 녀석이 있는데, 그들은 주로 ^-^ ☞이렇게 웃는다. 여주는 초반에 남주 대신 이 스윗보이에게 호감을 느낀다. 녀석은 여주의 철없는 고민을 진지하게 들어주고 다정한 미소를 지으며 머리를 쓰다듬는 스킬을 시전한다. 하지만 의리 빼면 시체인 4대 천왕의 멤버답게 여주에게 절대로 마음을 표현하지 않고, 그저 남주와 여주의 사랑을 묵묵히 응원한다. (가장 말이 없고 무뚝뚝한 4대 천왕의 네 번째 멤버는 그다지 비중은 없다. 그냥 머릿수를 채우기 위해 작가가 억지로 욱여넣었다고 보면 된다)

학주

소설의 감초 역할로 분위기 환기를 위해 여주와 투닥 거리는 장면이 자주 등장한다. 개량 한복, 고무신, 회초리가 기본값이며 워낙 학생들을 무섭게 드잡이해서 악명이 높다.

그들은 매일 교문 등지를 지키며 몰래 담치기를 하는 여주를 적발해 운동장 자갈 줍기나 화단 청소 같은 허드렛일을 시킨다.

여주에게 친한 척 접근하는 귀요미

사랑스러운 외모에 여주보다 더 혀 짧은 소리를 내는 여자아이가 있다면 99.99999퍼센트의 확률로 악녀일 가능성이 높다. 초반에는 순수하고 어리버리한 척하며 여주에게 달라붙지만 결정적인 순간 실체를 드러낸다. 오랫동안 남주를 짝사랑해오다 자신의 악행이 모두 들통나면 흑화해버린다.

남주의 새엄마

주로 남주와 사이가 좋지 않다. 여주를 못마땅하게 여겨 헤어짐을 종용하기도 한다. 항시 핸드백에 돈 봉투를 소지하고 다니며 여주를 향해 '이거 받고 내 아들이랑 헤어져' 혹은 '이거 먹고 떨어져' 등의 대사를 날린다.

남주의 할아버지

우리나라에서 다섯 손가락 안에 드는 재벌가 회장님이 많다. 평소 냉혹한 사업가로 정평이 나 있지만 이상하게도 여주 앞에서만큼은 인자해진다. 귀엽고, 사랑스럽고, 해맑은 여주를 벌써부터 손자며느리 대우하며 가지고 싶은 것, 먹고 싶은 것을 마음껏 사주기도 한다.

여주의 남동생

일진 무리에 속한다. 다혈질에 우악스럽고 머리도 나쁘지만 여주와 달리 인싸 중의 인싸. 주로 연상녀를 좋아하고 같은 학교 선배인 남주와도 아는 사이다. 누나인 여주와 자주 티격태격하며 밖에서 만나도 서로 모르는 체하기 일쑤다. 그러다 누가 여주를 괴롭히면 제일 먼저 나서서 여주를 지켜준다.

여주의 오빠

트레이닝 차림을 고수하며 별 볼 일 없는 백수 이미지로 소비되지만 알고 보면 전형적인 힘순찐(힘을 숨긴 주인공) 캐릭터이다. 알고 보니 일대 지역에서 이름 날린 인물로 반드시 한 번은 위기에 처한 여주를 구해준다.

남주와 같은 밴드부에 소속된 여성 멤버

귀여운 외모에 주로 푸른색 렌즈를 낀다. 이 멤버는 남몰래 남주를 짝사랑하고 있을 확률이 농후하니 반드시 경계할 것.

사투리를 쓰는 건달 선배

엄청난 덩치에 주로 부산 사투리를 사용한다. 험악해 보이지만 의외로 속은 여리다. 대부분 여주를 짝사랑하고 결정적인 순간 여주에게 도움을 준다.

난데없이 해외에서 찾아오는 정체불명의 여자

서브 남주의 심장이나 눈을 이식받아 여주를 찾아온 경우다. 슬픈 소식을 전하기 위해 온 것이니 그녀가 나타나면 여주는 단단히 마음의 준비를 해야 한다.

의사와 간호사

여기서 등장하는 의사와 간호사는 늘 의학 전문 용어를 사용하지 않는다. 간호사는 그저 침대 주변에 서서 차트를 넘기거나 링거 줄을 만지작거리기만 하면 된다. 의사도 마찬가지다. 애초에 의사가 남주에게 내릴 수 있는 진단 자체가 몇 개 없다. 인소 세계관에서 의사가 가장 많이 하는 말은 "안타깝지만 부분 기억상실증입니다"이다.

택시 기사

해외로 떠나는 남주를 붙잡으려 여주가 택시를 타면 언제나 총알처럼 달려주신다. 여주의 긴박함을 눈치 챈 택시기사는 30분 만에 공항에 도착한다. 아무리 차가 막혀도, 거리가 멀어도 언제나 30분이다.

남주의 별 볼 일 없는 선배

주로 당구장에 서식하며 졸업 후 건달 생활을 하고 있다. 다른 후배들과 달리 자신에게 반항하는 남주가 마음에 들지 않는다. 언제 한번 손봐주리라 다짐하지만 오히려 여주에게 집적대다 화가 난 남주에게 두들겨 맞고 몸져눕는다.

전교생

주로 운동장 조회 시간에 등장하며 '전교생 눈 깔아'라는 남주의 망언에 집단 최면이라도 걸린 듯 눈을 감는다.

방송 리포터

길 한복판에서 서브 남주와 여주를 붙잡아 세우고 "두 분 연인 사이신가요? 잠깐 인터뷰 가능할까요?"라며 말을 건다. 그로 인해 여주와 서브 남주는 졸지에 연인으로 공중파 방송을 타게 된다.

처음 작업을 시작할 때는 다소 가벼운 마음이었다. 인소 작가 시절의 이야기를 풀고, 지나온 추억을 돌아보며 혼자서 깔깔대기도 했다. 하지만 뒤로 갈수록 나도 모르게 무겁고 진지한 속내를 털어놓게 되었다. 인소 작가 왕기대가 아닌 중간중간 김현정(작가 본명)의 이야기를 할 수 있어 좋았다. 그때의 소녀들과 같은 추억을 공유할 수 있어 행복했다.

사실 이 책을 끝으로 왕기대라는 필명을 더는 쓰지 않으려 했다. 그렇게 이 책이 인소 작가 왕기대의 마침표가 되리라고 생각했는데, 작업을 하면서 뜻하지 않게 많은 반성을 했다. 돌이켜보니 그동안 내가 참 복에 겨운 사람이었구나 싶다. 대가

없이 나를 사랑해주던 팬들, 팬보다 더 열정적으로 내 소설을 탐독하던 안티 팬들, 지금은 그들 모두에게 감사하다.(살아보니 악플보다 무서운 건 무관심이더라-_-) 그래서 앞으로도 치열하게 살아남아 나의 이야기를 들려드리려고 한다. 그럼, 다음을 기약하며 이쯤에서 길었던 여정을 마무리해야겠다.

　추억 소환에 동참해준 우리 동년배 친구들 고마웠습니다. 안녕히 계세요. 그리고 인소 속 주인공들에게도 인사를 건넨다. 지금까지 한 번도 그들에게 말을 걸어본 적이 없었는데, 이 책에서만큼은 작별 인사를 하고 싶다.(난 가끔 그 아이들이 어딘가에서 우리와 같은 모습으로 살아가고 있지 않을까 하는 엉뚱한 상상을 하고는 한다) 안녕, 얘들아. 우리의 추억 속에서 오래오래 행복하게 잘 살아.

　BYE-BYE, 츤데레의 정석 이반지.
　BYE-BYE, 엽기 발랄 민하원.
　BYE-BYE, 귀여운 노란 대가리 조운하.
　BYE-BYE, 운하의 그녀 장수윤.
　BYE-BYE, 무뚝뚝한 순정파 지어린.
　BYE-BYE, '못난이'의 영원한 남자친구 난동경.
　BYE-BYE, 바보처럼 착한 아이 현한정.

BYE-BYE, "어쩔래, 이 사랑 가질래?"의 주인공 이사랑.

BYE-BYE, 사랑을 믿지 않는 상처투성이 이별.

BYE-BYE, 미소 뒤에 아픔을 감춘 아기 고양이 김낭만.

BYE-BYE, 언제나 당차고 씩씩한 자운영.

그리고

BYE-BYE, 왕기대.

BYE-BYE, 그 시절, 빛나던 우리들.

20년 만에 꺼내보는 그 이름 김.남.만

: 미완결 연재 소설 《김남만 죽이기》의 뒷이야기

'김낭만 죽이기 완결은 언제쯤 볼 수 있나요?'

'작가님, 10년째 기다리는 중입니다...언젠간 볼 수 있겠죠?'

'글은 제목 따라간다더니, 진짜로 우리 낭만이를 죽이시면 어떡해요.......'

　요즘도 종종 《김낭만 죽이기》에 관한 메일을 받는다. 한때 왕기대를 좋아했던 분이라면 연재 중단된 소설 《김낭만 죽이기》가 낯설지 않을 듯하다. 사실 이 이야기를 내 입으로 먼저 꺼내는 날이 올 줄은 몰랐다. 누구나 그렇겠지만 자신의 부끄러운 과거를 굳이 끄집어내고 싶은 사람은 없으니까. 《김낭만 죽이기》는 작가로서 내 치부이자 아킬레스건이며 부끄러운 과거의 민낯이다. 소설을 중단한 지도 햇수로 무려 17년째인데, 아직도 드문드문 독촉(?) 메일을 받는다. 세월이 흐른 만큼 독자들의 항의 메일은 다소 점잖으며 때로는 다시 연재해 달라는 귀여운 앙탈로 나를 회유하시기도 한다. 그럴 때마다 참으로 면목이 없다. 믿기 어려우시겠지만 나 역시 가끔은 김낭만이 그립다. 완결을 내지 못한 아쉬움도 크다. 17년 전 연재가 중단됐고 앞으로도 영원히 미완성으로 남을 소설이기에 더욱 그렇다.

너무 늦었지만 지금껏 김낭만을 기다려주신 분들에게, 과거의 기억 한편에서 '아~ 그런 인소가 있었지~' 하는 분들에게 《김낭만 죽이기》의 비하인드 스토리와 결말을 간략하게나마 들려드릴까 한다.(미리 야단맞을 각오는 했으니 마음껏 혼내 주시기를......ㅜ^ㅜ)

김낭만을 김낭만이라 부르지 못하고

2006년, 모든 연재를 중단하고 기약 없는 겨울잠을 잤던 나는 4년 만인 2010년 《김낭만 죽이기》 연재를 한 차례 재개했던 적이 있었다. 당시 질타와 비판보다는 멘탈이 약한 작가를 옹호해주려던 분위기가 훨씬 컸다. 그럼에도 두부 멘탈인 작가는 끝내 슬럼프를 이기지 못하고 얼마 못 가 《김낭만 죽이기》

를 자체 봉인했다. 그 후 팬카페에서 《김낭만 죽이기》에 대한 언급은 금기시되었다. 마치 어딘가에 존재하고 있으나 존재하지 않는 것처럼 대했다. 오늘은 대놓고 김낭만을 추억하는 아니 추모하는(=_=) 자리인 만큼 잊고 지냈던 소설 속 인물들을 상기해보려 한다.

먼저 사차원 귀요미 남주 김낭만. 전작 《반하다》의 서브 남주였던 난동경이 남주보다 더 큰 사랑을 받으면서 귀여운 남자 주인공에 흥미를 갖게 되었고 그렇게 탄생한 남주가 바로 김낭만이었다. 한 여자만 바라보는 순애보와 사차원에서 한 술 더 뜬 28차원의 똘끼를 겸비한 김낭만은 내가 특히 더 애정하는 남주이기도 했다. 큰 키와 그에 대비되는 앳된 외모, 웃을 때마다 살짝 접히는 눈 밑의 인디언 보조개, 거기다 도무지 속내를 알 수 없는 특유의 언어 구사력까지. 김낭만은 슬퍼 보인다라는 말을 '너한테 눈물 냄새가 난다'라고 표현하는 낭만주의자였다.

구구절절 설명을 얹기보다 직접 보여드리는 게 나을 것 같다. 그래서 그 시절 손발을 오므라들게 만들던 김낭만의 명대사를 뿌려와~★ 보았다.

-"야!!근데 나는 왜 냄새인 건데!!!? 그 여자앤 향기고!!!?"
이건....뭐랄까. 일종의 시덥잖은 질투의 감정인가?

내 격앙된 외침에 빤히 날 내려다보는 김낭만.-_-

-"샴푸 애벌레 향기는 그냥 하는 말이잖아-"

"-_-뭐? 그럼 나한텐 왜 안 해주는데?!"

"넌 그냥이 아니잖아."

-"김낭만! 이거 걍 낙서 아냐? 날 보지도 않고 되는대로 막 그려 제꼈네..-_-?"

"너 보고 그렸어-"

"봤다면 이깟 토끼똥 따위를 나랍시고 그리진 않았겠지!! 넌 나 안 보고 있었어."

"보고 있었어-"

"너 안 보고 있었어...!!"

"너만 보고 있었어."

-"올라오면 애인. 뒷걸음질 치면 담임."

"뭐야!! 무슨 말이냐!!"

"여기 올라오면, 나 너 사랑할래."

-"싫어질게."

".....내가 그렇게 싫어?"

"네가 죽고 싶어지면, 난 살기 싫어질게."

당시 김낭만에 대한 반응은 예상보다 뜨거웠다. 비 맞은 새끼 고양이마냥 모성애를 착즙하는 묘한 매력 덕분일까. 인기를 양분할 서브 남주가 등장하지 않았음에도 오히려 《김낭만 죽이기》는 소녀들로부터 과분한 사랑을 받았다. 반대로 김낭만의 캐릭터가 너무 센 나머지, 여주를 비롯한 다른 인물들의 개성이 두드러지지 않는다는 지적도 많았다. 특히 여자 주인공인 자운영의 경우 생리 도벽증을 앓고 있어 '그날'이 되면 남의 물건을 도둑질하거나 김낭만을 자퇴시키려 학교에 위장 잠입하는 등 범상치 않은 캐릭터였음에도 매력을 다 발산하지 못해 안타까울 따름이다.(이제 와 누굴 탓하리ㅠ_ㅠ)

그야말로 모든 캐릭터를 압도하고 나 홀로 인기를 독식한 김낭만이었기에 연재가 중단됐을 때의 반발은 실로 엄청났다. 작가가 나 몰라라 잠수를 타버리자 몇몇 소녀들은 회수되지 못한 떡밥과 결말을 예측하는 게시판을 따로 파 의견을 공유하기도 했다. 개중에는 내가 구상한 결말을 거의 흡사하게 맞힌 분들도 계셨다.

이제 와서 고백하던대, 소녀들의 예상대로 《김낭만 죽이기》의 결말은 해피엔딩이었다. 현재 나는 미공개 원고 20회분을 가지고 있는데, 아쉽게도 여전히 미완성인 상태라 이곳에는 실을 수 없었다. 무작정 연재를 재개하고 싶은 마음에 출판사로부터 《김낭만 죽이기》의 저작권을 되찾아오기도 했지만 오랜 시간 고민해 내린 결론은...... 추억은 추억으로 묻어두어야 한다는 것이다.

한때는 소녀들에게 과분한 사랑을 받았으나 이제는 너무 많은 시간이 지났기에. 나 역시 그때의 감성과 기분으로 《김낭만 죽이기》를 마무리 지을 자신이 없었다. 마침표를 찍으려다 도리어 누군가의 추억을 훼손하는 결과를 가져올까 싶어 솔직히 겁도 난다.

하여 《김낭만 죽이기》는 나와 몇몇 분들의 기억 속에만 남겨두자는 말씀을 조심스럽게 드리고 싶다. 어쩌면 영원히 미성숙한 열아홉 살 소년으로 남는 것이 김낭만과 더 잘 어울리는 결말일지도 모르겠다. 다만 그렇다 해도 이렇게 끝내기에는 너무 허무할 듯해 미공개 회차의 줄거리를 여기서 최초로 살짝 풀어볼까 한다.

해피엔딩으로 가는 가시밭길

김낭만과 자운영의 사랑은 당연히 꽉 찬 해피엔딩으로 끝났겠지만, 그 결말을 향해 가는 과정은 무척 험난할 예정이었다. 김낭만의 첫사랑이던 신달래가 빌런이 되어 나타나고, 여주 자운영 또한 김낭만을 자퇴시킬 목적으로 학교에 잠입했다는 과오가 들통나며 위기에 처한다. 그 후 자신을 믿었던 학생들에게 계란 세례를 맞는 등 그녀는 꽤 혹독한 나날을 보내게 된다. 물론 그 과정에서 가장 큰 충격과 상처를 받았을 김낭만의 서사도 빼놓을 수 없다.

마냥 해맑은 사차원의 귀요미였던 남주는 처음부터 목적을 가지고 자신에게 접근한 자운영에게 배신감을 느끼고 흑화한다. 자운영을 사랑하면서도 그녀를 투명인간 취급하고 차갑게 밀어내길 반복하는데 그럴수록 미칠 듯이 괴로운 것은 이상하게도 자기 자신이다. 결국 여주를 미워할 수도 사랑할 수도 없는 상황을 받아들이지 못한 그는 끝내 학교를 떠난다.

그 와중에 첫사랑 빌런 신달래는 걷지 못하는 자신의 두 다리를 빌미 삼아 김낭만의 마음을 교묘히 헤집는다. (한 줄로 요약하자면 남은 대부분의 회차에서 사이다 없는 고구마 파티가 열릴 예정이었다–-……)

"김낭만. 너 파란 장미의 꽃말이 뭔 줄 알아?"

"아니…"

"불가능."

"……"

"아무리 애를 써도 우린 어차피 안 돼. 내가 교장한테 돈을 받고 널 자퇴시키기 위해 이 학교에 들어온 순간부터. 그날부터 우리한테 해피엔딩은 없거든. 불가능하거든 그거."

비공개 회차의 일부로, 파란 장미의 꽃말을 운운하며 자운영이 김낭만을 모질게 밀어내는 장면이 있다. 사실 따로 색을 입히지 않는 이상 실제로 파란 장미는 존재하지 않는다.

"뭐야 이게?"

".....파란 장미."

차라리 김낭만이 자신을 원망하길 바랐던 자운영은 눈앞의 장미 다발을 보고 그만 눈물이 터진다. 푸른 물이 들어 엉망이 된 김낭만의 손가락이, 운영의 마음을 무너지게 만든다.

"봐. 가능하잖아."

장미 다발을 건네며 애처롭게 읊조리는 남주의 모습은 2000년대 초 인소의 공식을 그대로 답습한다. 딱 우리가 알던 그 맛이다. 유치한 데다 자극적이고, 청승맞은데 가슴 절절한 바로 그 맛. (현재 일본에서 비슷하게나마 푸른빛이 감도는 장미 품종이 개발됐다고 하니 위의 장면은 쓸 수 없게 되었다. 미공개 원고인 줄 알면서도 왜 이리 아쉬운지 모르겠다)

만약 그때 내가 《김낭만 죽이기》 연재를 중단하지 않았더라면 어땠을까. 이번 에세이를 작업하며 내내 그런 생각을 했다. 힘들어도 조금만 버텨볼걸, 아무 조건 없이 내 글을 좋아해주던 분들이 많았는데 왜 그때는 모든 게 버겁기만 했을까. 다시 한 번 이 글을 읽고 계신 그 시절 독자분들께 진심 어린 사과를 전하고 싶다. 아울러 이렇게나마 《김낭만 죽이기》를 다시 독자분들과 추억할 수 있어 감사하다는 말도 조심스럽게 덧붙인다.

헤어지지 않기 위해 헤어짐을 선택한 둘

김낭만과 자운영은 결국 어떻게 됐을까. 결말부터 미리 말하자면 김낭만은 신달래와 함께 캐나다로 떠난다. 과거 자신 때문에 자살 시도를 했던 신달래의 재활 치료를 돕기 위해서다.(신달래가 걷지 못하는 것에 김낭만은 오랜 시간 죄책감을 느껴왔다) 자운영은 공항 게이트에서 김낭만에게 작별을 고한다.

"다녀와. 안 그럼 너 평생 신달래한테 미안해 하면서 살 거잖아. 나 질투 많아서 그 꼴 못 봐. 다녀와서... 후련하게 다시 나한테 와. 기다릴게."

돌아오면 우리 매일 손잡고 놀러 다니자.

우리 꼭 행복해지자.

내가 덧붙인 말에 김낭만은 대답 대신 설핏 웃어 보였다.

분명 얼굴은 웃고 있는데, 그 애의 눈이 빨갰다.

"다녀올게."

"응."

"매일 전화할게."

"응."

"사진도 많이 찍어서 보낼게. 네가 귀찮다고 할 때까지."

"응."

"사랑해."

"……"

"사랑해."

"….응."

"사랑해."

"응!"

"사랑해…"

김낭만의 고백에 난 더는 아무런 대답도 할 수가 없었다.

바보처럼 고개만 끄덕일 뿐.

그런 날 깁스한 손으로 조심스레 끌어안는 김낭만.

다시 한 번 내 귀에 대고 애써 장난스레 속삭인다.

"사랑해, 좌우명."

(좌우명은 여주를 부르는 그만의 애칭이다)

안녕, 김낭만.

울지 않을게. 우린 헤어진 게 아니니까.

넌 신달래를 선택한 게 아니니까.

날 마음 놓고 사랑하기 위해서 떠난 거니까.

그렇게 둘은 헤어지지 않기 위한 헤어짐을 선택한다. 확실한 것은 그들이 끝내 해피엔딩을 맞는다는 사실이다. 당차고 씩씩한 자운영과 사차원 귀요미 김낭만은 숱한 역경과 고난, 빌런들을 물리치고 행복한 결말에 도달했을 것이다. 아마 신달래의 재활이 끝나고 다시 돌아온 김낭만은 기괴한 모양의 나비 반지 대신 진짜 프러포즈 반지를 내밀며 이렇게 얘기하지 않았을까.

"사랑하는 좌우명 선생님, 나랑 결혼해줄래요?"

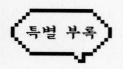
특별 부록

인소 용어 사전

너 무슨 샴푸 쓰는데?

흡... 흐흑...

내 앞에서 그렇게 웃지 마

딸기 우유

고막 병신이냐

[-_-] 남주 친구 중 과묵함과 큰 키를 담당.

[.....해] 사랑해라는 말을 여운 있게 내뱉는 남주의 고유 스킬.

[^-^] 남주 친구 중 가장 다정한 인물. 주로 여주의 고민을 상냥하게 들어준다. 속으로 여주를 좋아하고 있을 확률 70퍼센트.

[185센티미터] 남주의 평균 신장. 190센티미터의 팔척 귀신 핏을 자랑하는 '존나세'에 비하면 아담하다.

[19세] 병에 걸린 남주의 평균 수명.

[4대 천왕] 남주를 필두로 모인 일진 4인방.

[RH-] 간혹 보이는 남주의 희귀 혈액형으로 싸우다 피가 많이 나서 수혈을 받아야 하는 긴박한 상황이 연출되기도 한다.

[가늘고 곧게 뻗은 손가락] 남주의 전유물1. (남주 중에 단풍 손을 가진 이가 있을성 싶은가)

[가판대 액세서리] 데이트 중 여주가 '어? 이거 예쁘다'라고 말하면 '넌 뭐 저런 게 예쁘냐'며 타박을 주지만 다음날 남주는 똑같은 것을 선물함.

[갑빠] 돌처럼 딱딱한 남주의 가슴팍을 일컫는 말.

[강아지] 여주가 동물을 키운다면 대개 새끼 강아지이고 만약 강아지를 잃어버렸다면 남주 혹은 서브 남주가 우연히 보살피고 있을 확률 100퍼센트.

[강아지 이름] 여주는 남주 이름을 본따 강아지 이름을 짓는다.(ex.《나쁜 남자가 끌리는 이유》여주 노아린의 강아지 이름은 강지한이다)

[개구멍] 수업을 땡땡이 치고 몰래 학교를 빠져나가던 여주는 반드시 개구멍에 몸이 끼인다.

[거기 어디야] 머리 끝까지 화가 난 남주가 여주를 납치한 놈과 통화하며 뱉는 첫마디.

[검은 마스크] 남주와 4대 천왕 전용. 하얀 마스크는 하늘이 두 쪽 나도 절대 쓰지 않음.

[경찰서] 4대 천왕이 독서실 가듯 주기적으로 드나드는 장소.

[고막 병신이냐] 여주가 말귀를 못 알아먹을 때 남주가 하는 말.

[공사장] 상고와 공고가 패싸움을 벌이는 장소. 그 외 폐차장, 폐창고, 공터 등이 있다.

[공원] 남주와 여주가 자주 엇갈리는 장소. 남주는 대개 공원 정문에서 여주는 후문에서 기다린다.

[공항 게이트] 유학을 가게 된 남주와 그를 붙잡기 위해 여주가 마주치는 장소.

[교문] 지각을 밥 먹듯이 하는 여주가 선도부 남주와 대면하는 장소.

[교복 상의 밑에 체육복 바지] 여주 전용 패션.

[교복 재킷] 홀딱 젖은 여주에게 "야, 다 비친다고"라고 말하며 남주가 건네주는 것.

[기억상실] 남주, 여주에게만 발병하는 3대 질병. 보통은 기억의 전부가 지워져야 하는데 인소에서는 여주에 대한 기억 혹은 남주

에 대한 기억만 부분 삭제된다.

[깍두기] 일진들의 뒤를 봐주는 조폭 형님들. 그들은 대개 어설픈 부산 사투리를 쓴다.

[깔따구] 남주가 여주를 부르는 말. 자매품으로 마누라가 있다.

[꼬붕] 극 초반에 남주가 여주에게 하사하는 직책.

[끼이익....! 쿵!] 울며 뛰쳐나가던 여주가 차에 치이는 소리.

[나 단 거 싫어해] 남주의 대사. 남주는 단 걸 싫어하지만 여주가 만들어준 초콜릿은 좋아한다.

[나이트] 어설프게 꾸민 여주가 일탈하기 위해 찾는 곳. 높은 확률로 남주가 여주를 잡으러 온다.

[남장] 가슴에 압박붕대를 두르고 머리를 짧게 자르기만 해도 여주는 완벽한 남자가 된다.

[남주의 학교 운동장] 여주가 남주에게 깜짝 이벤트를 해주기 위해 왔다가 반드시 전교생 앞에서 개망신을 당하는 장소.

[남주의 안구] 새드 엔딩일 경우 남주는 스스로 목숨을 끊고 자신의 눈을 여주 혹은 타인에게 기증한다.

[내 심장 너 때문에 병신됐어] 실연의 아픔을 겪는 남주의 심장 타령.

[내 앞에서 그렇게 웃지 마] 남주가 여주의 햇살 같은 미소에 반했을 때 읊조리는 말.

[냉동 창고] 반드시 여주 혼자 갇히는 일이 빈번하며 제일 먼저 구하러 달려오는 것은 남주이다. "너 미쳤어!?"라며 남주는 화를 내지만 이내 여주를 박력 있게 끌어안으며 안도한다.

[너답지 않게 왜 그래?] '나다운 게 뭔데'라는 말과 한 세트.

[너 때문에 목소리가 안 나와.] 밴드부 보컬 남주가 실연 후 무대 위에서 읊조리는 말.

[너 무슨 샴푸 쓰는데?] 여주와 몸을 밀착했을 때 당황한 츤데레 남주가 하는 말.

[너 진짜 쟤가 누군지 몰라?] 여주의 베프 전용 대사 1. 남주와의 첫 만남에서 여주가 꼭 듣게 되는 말.

[너 큰일 났다. 쟤 여자도 때린대] 여주 베프의 전용 대사 2.

[널 보면 마음이 반짝반짝해] 사차원 귀요미 남주가 여주에게 하는 고백.

[노래방] 여주는 항상 특이하고 괴이한 노래를 좋아한다. (ex. 황신혜 밴드의 〈짬뽕〉)

[눈 감고 100초만 세] 공사장에서 일진들에게 둘러싸인 남주가 겁에 질린 여주에게 하는 말.

[다구리] 악녀 무리가 단체로 여주에게 폭력을 행사하는 것. 높은 확률로 남주가 나타나 구해준다.

[단추] 남주와 여주가 부딪쳤을 때 여주의 머리카락은 반드시 남주의 단추에 걸린다.

[단합] 일진 선배들이 군기를 잡기 위해 후배들을 불러 모으는 것. 높은 확률로 각목과 쇠파이프가 등장한다.

[담배] 필히 남주는 골초이며 담배를 입에 문 모습은 언제나 멋들어지게 묘사된다.

[담벼락] 개구멍과 같은 용도. 여주가 땡땡이를 치기 위해 넘나드는 장소.

[담탱이] 담임 선생님.

[당구장] 남주의 선배들이 기생하는 곳.

[대형 곰인형] 주로 남주가 여자에게 하는 선물. 둘이 헤어지기라도 하면 여주는 높은 확률로 우연히 곰 인형에 녹음된 남주의 진심을 듣고 오열하게 된다.

[도서관] 여주가 찾는 책은 늘 꼭대기 쪽에 있다. 발이 닿지 않아 끙끙대면 등 뒤에서 서브 남주가 나타나 책을 꺼내준다.

[돈 봉투] 남주 엄마 필수 아이템.

[돼지야] 남주가 여주를 부르는 애칭.

[드폰이] 여주가 부르는 핸드폰의 애칭. 남주의 신상 핸드폰과 달리 여주의 핸드폰은 늘 낡은 고물이다.

[딸기 우유] 대부분의 여주는 딸기 우유를 좋아한다.

[똥꼬 치마] 엉덩이가 보일 정도로 짧고 화려한 치마. 대개 여주의 베프가 여주를 꾸며줄 때 등장한다. 자매품 얼룩말 무늬 치마.

[매점] 남주의 빵 셔틀이 된 여주가 쉬는 시간마다 불나게 드나드는 장소.

[멸치 대가리] 양아치 무리 중 가장 빼빼 마르고 빈약한 놈을 지칭하는 말.

[명찰] 남주의 명찰은 반드시 여주가 가지고 있다.

[미친개] 학주의 별명. 그 외 독사. 악마, 메두사로도 불린다.

[바다] 남주와 크게 다툰 여주는 차가운 바다에 겁도 없이 성큼성큼 들어간다. 허리춤까지 물에 잠기면 "너 미쳤어?"라는 대사와 함께 남주가 달려온다.

[바이크] 남주의 애마. 만약 바이크가 없다면 아는 선배에게 빌려 타기도 한다.

[반, 휘, 율, 지, 류, 은, 준] 남주의 이름에 95퍼센트의 확률로 들어간다.

[반휘혈] 세계 서열 '0'위. 존나세의 강력한 맞수.

[발신 번호 제한1] 헤어진 후 여주에게 걸려오는 전화. "여보세요? ○○니...?" 하고 물으면 대답 없이 뚝 끊어진다.

[발신 번호 제한2] 발신 번호 제한을 통해 여주에게 욕설 문자가 온다. 내용은 '○○한테서 떨어져. 미친X아.' 여기서 범인은 여주 옆에서 알랑거리며 순진한 척하던 귀요미(실제 악녀임).

[밥주걱] 여주 엄마가 대체 뭐하고 돌아다니는 거냐며 여주를 팰 때 사용하는 기본템. 유사품 효자손. 장바구니에서 꺼내든 분홍 햄.

[밴드부] 남주는 대개 보컬을 맡고 있다.

[벽치기 키스] 남주가 여주를 코너로 밀어붙이고 입을 맞추는 행위.

[병신아] 남주가 입버릇처럼 달고 사는 말. (ex 사랑한다 병신아. 내 거 해라 병신아.)

[블랙 카드] 상위 0.1퍼센트만이 쓸 수 있는 플래티넘 카드. 남주 전용이다. 한도는 무제한.

[비] 남주와 여주가 헤어지는 날은 높은 확률로 비가 내린다. 흠뻑 젖은 남주의 눈에서는 빗방울인지 눈물인지 모를 것이 흐른다.

[비누 냄새] 남주 몸에서 나는 체취. 자매품으로 바람 냄새가 있다.

[뽀대난다] 남주가 오토바이를 타고 교문 앞에 등장할 때 여고생들이 단체로 웅성거리는 말. 유사어로 '지대 멋져'. '간지 와방' 등이 있다.

[상고 대가리] 학교에서 남주의 지위.

[새하얀 천장] 정신을 잃고 쓰러진 여주가 병원에서 눈을 떴을 때 제일 먼저 마주하는 것.

[샤워 가운] 샤워 가운 차림으로 욕실을 벗어난 남장 여주는 반드시 남주와 맞닥뜨린다.

[서열 0위] 남주의 서열. 여기서 서열 0위란 비단 대한민국에 국한한 것이 아닌 범세계적으로 적용된다.

[소금 죽] 아픈 남주를 간호하기 위해 여주가 만든 죽. 여주는 실수로 소금을 왕창 넣고 마는데 남주는 맛이 왜 이러냐고 툴툴대면서도 끝까지 참고 먹어주기 마련이다.

[속눈썹 되게 길다] 잠든 남주를 가까이서 보게 된 여주의 독백. 이 경우 남주는 자는 척 하지만 실상은 깨어 있을 확률이 크다.

[수능] 인소 세계관에서 수능은 존재하지 않는다.

[수학여행-담력 훈련] 여주는 반드시 남주와 짝이 된다. 으슥한 산길을 걸으며 몸을 밀착할 확률 100퍼센트.

[수학여행-조난] 산에서 조난을 당한 여주는 높은 확률로 발목을 삐끗한다. 이때 제일 먼저 여주를 구하러 오는 것은 선생님도 산악구조대도 아닌 남주.

[스킨십] 대체로 남주는 스킨십에 약하며 입술이 닿으면 무조건 사귀어야 하는 줄 안다.

[X발! 당장 안 갈아입어!?] 한껏 꾸민 여주를 보고 그녀의 야시시한 차림에 화가 난 남주가 내뱉는 말.

[심장이식] 심장병에 걸린 여주는 99퍼센트의 확률로 남주의 전 여친 심장을 이식받는다.

[쌍꺼풀 없이 큰 눈] 남주의 전유물 2.

[ㅇ_ㅇ] 남주 친구 중 귀여움을 담당한다.

[액세서리 가게] 남주가 여주의 생일 선물을 다른 이성 친구와 고르다 여주의 오해를 사게 되는 장소.

[알싸한 담배향] 남주의 교복 재킷에서 나는 향.

[압박붕대] 남장 여주의 필수품.

[양호실] 남주와 여주의 첫키스 장소1. 양

호 선생님은 항시 자리 비움 상태.

[엘리베이터] 여주가 홀로 갇히는 공간이지만 때론 여주를 해하려는 변태와 함께 갇히기도 한다. 이때 여주를 구하러 오는 것은 또 남주다. 남주는 무려 맨손으로 엘리베이터 문을 여는 괴력을 선보인다.

[오랑해-_-^] 사랑해라는 말이 부끄러워진 남주가 치는 썰렁한 말장난.

[오지 마! 절대 오면 안 돼!] 납치된 여주의 절규.

[왜 이렇게 무겁냐] 남주가 여주를 업었을 때 괜히 하는 말.

[움찔하는 손끝] 이별을 고하고 돌아서는 여주를 잡고 싶지만 그러지 못하는 남주의 심정을 대변한다.

[유리 창문] 화가 난 남주가 맨주먹으로 깨부수는 것.

[유일한 혈육] 여주가 남동생이나 오빠를 지칭하는 단어.

[읍] 강제 키스의 순간 여주의 입에서 나오는 소리.

[이벤트] 첫 데이트 날, 레스토랑에 방문 시 남주와 여주는 높은 확률로 100번째 손님에 당첨된다.

[혼혈아 같아] 남주의 외모에 감탄한 여주의 대사. 실제로 남주가 일본 혼혈인 경우도 있다.

[잡식성] 여주는 가리는 것 없이 잘 먹으며

식탐이 있다.

[잡초 뽑기] 학주가 지각한 여주에게 내리는 중징계.

[저 여시 토깽이 같은 년] 귀여운 척하는 악녀를 지칭하는 말.

[전부 눈 깔아] 운동장 조회 시간, 여주 때문에 화가 난 남주가 전교생에게 날리는 일침 대사.

[정류장] 남주와 여주의 학교가 다를 경우 반드시 이곳에서 마주친다.

[존나세] 키 190센티미터, 몸무게 40킬로그램, 아이큐 600의 공고 일진 짱. 팔척 귀신 같은 슬림 핏에 쥐 잡아먹은 듯 붉은 입술이 트레이드 마크다.

[지각] 인소 1화 도입부 첫 장면은 대개 학교에 늦은 여주가 헐레벌떡 뛰어가며 시작되는 경우가 많다.

[지금 저 새끼 말릴 수 있는 사람, 너밖에 없다고!] 이별 후 폭주하는 남주로 인해 남주의 친구 중 한 명이 여주에게 전화를 걸어 다급하게 외치는 말.

[참으로 맑은 아이로군] 해맑은 여주를 멀찍이서 흐뭇하게 지켜보던 남주의 할아버지이자 재벌 회장님이 뱉는 말.

[책가방] 여주는 높은 확률로 남주의 책가방을 등하교 때 대신 들어주게 된다.

[체리맛 사탕] 남주와의 첫키스는 꼭 달콤한 사탕 맛이 난다. 자매품 풍선껌 맛.

[초콜릿 복근] 남주의 전유물 3.

[카악! 퉤!] 상대편 공고 패거리의 등장을 알리는 소리.

[캠코더] 남주가 생을 마감한 경우 반드시 여주를 위한 영상을 남겨둔다. 남주가 떠난 뒤에야 캠코더를 발견한 여주는 오열한다.

[커플링] 남주가 여주 몰래 준비하는 깜짝 선물. 반지를 마련하기 위해 밤새 아르바이트를 했다가 여주와의 오해를 빚기도 한다.

[쿨워터 향] 남주에게서 나는 체취.

[터질 듯 꽉 줄인 교복 치마] 악녀의 전유물.

[통학 버스] 여주가 올라탄 통학 버스는 반드시 만석이며 남주는 안 그런 척 자신의 팔로 흔들리는 여주를 지탱해준다.

[투명한 액체] 눈물을 뜻하는 인소식 표현.

[퍽!/ 헉...헉../야! 저 새끼 잡아!] 패싸움 씬에 반드시 등장하는 3종 세트.

[폐암] 심장병, 백혈병과 함께 남주에게 발병하는 3대 질병 중 하나.

[피 맛] 여주 때문에 화가 난 남주가 입술을 꽉 깨물었을 때 느껴지는 맛.

[피] 남주는 대개 피를 보면 눈이 돌아가고 미친X가 된다.

[피딱지] 18 대 1로 패싸움을 해도 남주는 절대 쌍코피를 흘리지 않는다. 그저 입가에 섹시한 피딱지가 앉는 정도다.

[피식] 남주 전용 웃음소리. 자매품으로 '큭, 쿡'이 있다.

[하...] 남주의 한숨 소리. '에효~'나 '휴우~'는 금물.

[하나님을 빽으로 세상과 맞짱 뜬다] 백묘 작가가 소설 말미에 사용했던 슬로건.

[학교 옥상] 평소 절대로 잠가두지 않으며 여주와 남주 한정으로 개방돼 있는 곳.

[학교 축제] 현실 축제와는 거리가 있다. 여주네 반은 주로 귀신의 집을 준비한다. 밤에는 고백 타임이 존재하며 간혹 불꽃까지 쏘기 마련.

[학주] 주로 개량 한복 차림으로 코를 후비며 등장한다.

[한, 원, 지, 은, 하, 신, 정] 여주의 이름에 95 퍼센트의 확률로 들어간다.

[햇살이 들어오는 텅 빈 강당] 남주와 여주의 첫 키스 장소 2.

[호프집] 4대 천왕 패거리의 단골 술집. 민증 검사는 죽었다 깨어나도 하지 않는다.

[흔들리는 동공] 여주의 입에서 처음으로 헤어지자는 말이 나왔을 때 남주에게 발현되는 신체 현상.

[흡...흐윽...] 악녀와 남주의 사이를 오해한 여주가 숨죽여 흐느끼는 소리.

[희고 매끄러운 피부] 남주의 전유물 4.

나한테 이러는 여자는 네가 처음이야

초판 1쇄 인쇄 2023년 11월 30일
초판 1쇄 발행 2023년 12월 15일

지은이 왕기대
펴낸이 이승현

출판1 본부장 한수미
라이프 팀
편집 이선희
디자인 김준영

펴낸곳 ㈜위즈덤하우스   **출판등록** 2000년 5월 23일 제13-1071호
주소 서울특별시 마포구 양화로 19 합정오피스빌딩 17층
전화 02) 2179-5600   **홈페이지** www.wisdomhouse.co.kr
ⓒ IAMYOURSTICKERS, 2023

ISBN 979-11-7171-077-5 (03810)